Joseph Kessel

de l'Académie française

Belle de Jour

Gallimard

A Sandi

PRÉFACE

Je n'aime guère les préfaces qui expliquent les livres et il me déplairait singulièrement de paraître m'excuser d'avoir fait celui-ci. Je n'en ai pas écrit qui me soit plus cher et je crois y avoir mis l'accent le plus humain. Ce langage peut-il n'être pas compris ?

Or le malentendu, je sais qu'il existe, et souhaite profondément de le dissiper.

Quand Belle de Jour *parut par fragments dans « Gringoire », les lecteurs de ce journal réagirent avec quelque vivacité. Certains m'accusèrent de licence inutile, voire de pornographie. On ne trouvera rien à leur répondre. Si le livre n'a pas suffi à les convaincre, c'est tant pis, pour eux ou pour moi, je ne sais ; en tout cas, je n'y puis rien. Exposer le drame de l'âme et de la chair, sans parler aussi librement de l'une que de l'autre, cela me semble impossible. Je ne crois pas avoir passé la mesure permise à un écrivain qui ne s'est jamais servi de la luxure pour appâter le lecteur.*

En abordant le sujet que j'avais choisi, je savais quel risque je courais. Mais le roman achevé, je n'ai pas eu le sentiment qu'on pût se méprendre sur le dessein de l'auteur. Autrement Belle de Jour *n'eût point paru.*

Il faut savoir mépriser la fausse pudeur, comme on dédaigne le faux goût. Les griefs d'ordre social ne me troublent pas. Mais les méprises dans l'ordre spirituel me touchent. Et c'est

9

pour les dissiper que je me suis décidé à écrire une préface,
ce à quoi je ne pensais guère.

Quel cas extraordinaire, m'a-t-on dit plusieurs fois, et
certains médecins m'ont écrit qu'ils ont connu des Séverine.
Il apparaissait clairement que, dans leur pensée, Belle de
Jour *était une observation pathologique réussie. Or c'est là*
précisément ce que je ne veux pas laisser croire. La peinture
d'un monstre ne m'intéresse point, même si elle est parfaite.
Ce que j'ai tenté avec Belle de Jour, *c'est de montrer le*
divorce terrible entre le cœur et la chair, entre un vrai, immense
et tendre amour et l'exigence implacable des sens. Ce conflit, à
quelques rares exceptions près, chaque homme, chaque femme
qui aime longtemps, le porte en soi. Il est perçu ou non, il
déchire ou il sommeille, mais il existe. Antagonisme banal,
combien de fois dépeint ! Mais pour le porter à un degré
d'intensité qui permette aux instincts de jouer dans la pléni-
tude de leur grandeur et de leur éternité, il faut, à mon avis,
une situation exceptionnelle. Je l'ai délibérément conçue,
non pour son attrait, mais comme le seul moyen de toucher
d'une pointe plus sûre et plus acérée au fond de toute âme
qui recèle cet embryon tragique. Je l'ai choisi, ce sujet, comme
on prend un cœur malade pour mieux savoir ce qui se cache
dans un cœur sain, ou comme on étudie les troubles mentaux,
pour comprendre le mouvement de l'intelligence.

Le sujet de Belle de Jour *n'est pas l'aberration sensuelle*
de Séverine, c'est son amour pour Pierre indépendant de cette
aberration et c'est la tragédie de cet amour.

Serai-je seul à plaindre Séverine, à l'aimer ?

PROLOGUE

Pour aller de sa chambre à celle de sa mère, Séverine, qui avait huit ans, devait traverser un long couloir. Ce trajet qui l'ennuyait, elle le faisait toujours en courant. Mais, un matin, Séverine dut s'arrêter au milieu du couloir. Une porte qui, à cet endroit, donnait sur la salle de bains, venait de s'ouvrir. Un plombier parut. Il était petit, épais. Son regard, filtrant sous de rares cils roux, se posa sur la petite fille. Séverine, qui, pourtant, était hardie, eut peur, recula.

Ce mouvement décida l'homme. Il jeta un bref coup d'œil autour de lui, puis, des deux mains, attira Séverine. Elle sentit contre elle une odeur de gaz, de force. Deux lèvres mal rasées lui brûlèrent le cou. Elle se débattit.

L'ouvrier riait en silence, sensuellement. Ses mains, sous la robe, lissèrent le corps doux. Soudain Séverine ne se défendit plus. Elle était toute raide, blanche. L'homme la déposa sur le parquet, s'éloigna sans bruit.

Sa gouvernante trouva Séverine étendue. On crut qu'elle avait glissé. Elle le crut aussi.

I

Pierre Sérizy vérifiait le harnachement. Séverine, qui venait de mettre ses skis, demanda :

— Es-tu prêt?

Elle portait un costume d'homme en grosse laine bleue, mais elle était si ferme et pure de lignes que le vêtement n'alourdissait pas son corps impatient.

— Je ne serai jamais trop prudent pour toi, dit Pierre.

— Mais je ne risque rien, mon chéri. La neige est si propre que tomber est un plaisir. Allons, décide-toi.

D'un rétablissement léger Pierre fut en selle. Le cheval ne fit pas d'écart, n'eut même pas de tressaillement. C'était une bête puissante et placide, large de flancs, habituée à porter plutôt qu'à courir. Séverine serra les poignées des longues guides fixées au harnachement, écarta légèrement les pieds. Elle essayait ce sport pour la première fois et l'attention lui faisait une figure un peu crispée.

Ainsi s'accusaient des défauts qui, dans l'animation, demeuraient peu sensibles : le menton trop carré, les pommettes saillantes. Mais cette violente fermeté, Pierre l'aimait dans le visage de Séverine. Pour lui voir quelques secondes de plus cette expression, il feignit d'arranger ses étriers.

— On part, cria-t-il enfin.

Les guides que tenait Séverine se tendirent, elle se sentit glisser lentement.

D'abord elle n'eut souci que de son équilibre et de ne point paraître ridicule. Avant de trouver l'espace libre il leur fallait traverser d'un bout à l'autre l'unique avenue de la petite ville suisse. A cette heure, tout le monde s'y croisait. De son sourire éclatant Pierre saluait des camarades de sport ou de bar, des jeunes femmes vêtues en hommes et d'autres allongées au fond de traîneaux à couleurs vives. Mais Séverine ne voyait personne, attentive seulement aux jalons qui annonçaient l'approche de la campagne : l'église avec sa petite place et sans mystère... la patinoire... la rivière toute sombre entre les berges toutes blanches... le dernier hôtel qui ouvrait ses fenêtres sur les champs.

L'ayant dépassé, Séverine respira mieux. Elle pourrait trébucher, personne ne serait témoin de sa chute. Personne, sauf Pierre. Mais lui... Et la jeune femme fut embellie de tout son amour qu'elle perçut à cet instant dans sa poitrine comme une tendre bête vivante. Elle sourit à la nuque hâlée, aux belles épaules de son mari. Il était né sous le signe de l'harmonie et de la force. Tout ce qu'il faisait était adroit, juste et si aisé.

— Pierre! appela Séverine.

Il se retourna. Le soleil, le frappant en plein visage, lui fit fermer à demi ses larges yeux gris.

— Il fait bon, dit la jeune femme.

La vallée neigeuse s'étirait en courbes d'une douceur qu'on eût dite calculée. Tout en haut, autour des cimes quelques nuages flottaient, molle et laiteuse toison. Sur les pentes on voyait des skieurs glisser avec le mouvement ailé, insensible des oiseaux. Séverine répéta :

— Il fait bon.

— Ce n'est rien encore, dit Pierre.

Il pressa plus étroitement les flancs du cheval et prit le trot.

« Cela commence », pensa la jeune femme.

Une sorte d'angoisse heureuse se répandait en elle qui, peu à peu, se chargeait d'assurance, d'allégresse. Elle tenait bien. Les patins effilés la portaient d'eux-mêmes. Il n'y avait qu'à céder à leur mouvement. La tension de ses muscles se relâchait. Elle contrôlait avec facilité leur jeu plus moelleux. De lents traîneaux chargés de bois les croisaient et sur eux, assis de côté, les jambes pendantes, des hommes carrés, brûlés. Séverine leur souriait.

— Très bien, très bien, lui criait Pierre de temps en temps.

Il semblait alors à la jeune femme que cette voix joyeuse, aimante, venait d'elle-même. Et lorsqu'elle entendit « attention » un réflexe ne l'avait-il pas avertie déjà que le plaisir qu'elle éprouvait allait devenir plus vif encore? La noble cadence du galop martela la route. Ce rythme envahit Séverine. La vitesse assurait si bien son équilibre qu'elle n'y songeait plus et se livrait entièrement à la joie primitive qui venait fondre sur elle. Rien n'existait plus dans le monde que les pulsations de son corps, réglées sur la mesure de leur course. Elle n'était plus entraînée, elle dirigeait ce mouvement impétueux et plein de cadence. Elle régnait sur lui en même temps esclave et souveraine.

Et cette blancheur radieuse tout autour... Et ce vent glacé, fluide comme une boisson, pur comme les sources, la jeunesse...

— Plus vite, plus vite! criait Séverine.

Mais Pierre n'avait pas besoin de ces excitations et le cheval n'avait pas besoin d'être poussé par Pierre. Ils formaient à eux trois le même bloc animal et heureux.

Comme ils quittaient la route il y eut un tournant brusque. Séverine ne sut pas le prendre et, lâchant les guides, vint s'enfouir à moitié dans le talus neigeux. Mais il était si mou, si frais que, sans se soucier du ruisselet glacé qui lui coulait dans le dos, elle en éprouva une joie nouvelle. Avant que Pierre eût pu la secourir, elle était debout, étincelante. Ils reprirent leur course. Quand elle les eut menés devant une petite auberge, Pierre s'arrêta.

— Il n'y a plus de piste, dit-il. Repose-toi.

L'heure étant matinale, il n'y avait personne dans la salle commune. Pierre la considéra un instant et proposa :

— Allons dehors, veux-tu ? Le soleil est très chaud.

Tandis que la patronne les installait devant la maison, Séverine demanda :

— J'ai vu tout de suite que l'auberge te déplaisait. Pourquoi ? Elle est si propre.

— Trop. A force d'être lavée, il ne lui reste plus rien. Chez nous, il y a de la patine dans le moindre caboulot. On y respire souvent toute une province. Ici, tu n'as pas remarqué comme tout est à jour : les maisons, les gens. Ni ombre, ni secret dessein, c'est-à-dire pas de vie.

— Tu es gentil pour moi, dit Séverine en riant, toi qui répètes chaque jour que tu m'aimes pour ma clarté.

— C'est juste, mais tu es mon vice, répliqua Pierre et il toucha des lèvres les cheveux de Séverine.

La patronne leur servit du pain bis, du fromage rugueux et de la bière. Tout cela disparut très vite. Pierre et Séverine mangeaient avec une faim heureuse. De temps en temps leurs regards allaient vers la gorge étroite qui serpentait à leurs pieds, les sapins qui portaient délicatement sur chacune de leurs branches un fuseau de neige, autour duquel le ciel et le soleil faisaient un halo de cendre bleutée

Un oiseau vint se poser non loin d'eux. Il avait un ventre d'un jaune éclatant et des ailes grises striées de noir.

— Quel magnifique gilet, dit Séverine.

— Une mésange, un mâle. Les femelles sont plus ternes.

— Comme nous, alors.

— Je ne vois pas...

— Allons, allons, mon chéri, tu sais bien que de nous deux tu es de beaucoup le plus beau. Comme je t'aime quand tu as cette figure gênée.

Pierre avait détourné la tête et Séverine ne voyait plus que son profil, rendu enfantin par l'embarras qui s'y peignait. C'était, dans ce visage hardi, l'expression qui touchait le plus profondément la jeune femme.

— Je veux t'embrasser, dit-elle.

Mais Pierre, qui, pour se donner une contenance, avait pétri une boule de neige, déclara :

— J'ai bien envie de t'envoyer cela.

Il avait à peine achevé qu'il recevait au front un paquet de poudre glacée. Il répondit. Pendant quelques secondes ils se battirent à coups de neige avec acharnement. L'aubergiste paraissant sur le seuil au bruit des chaises renversées, ils s'arrêtèrent, confus. Mais la vieille femme eut un sourire maternel et ce fut avec le même sourire que Séverine recoiffa Pierre avant que celui-ci ne montât à cheval.

Même dans la petite ville ils allèrent au galop et ils enflaient outre mesure leurs cris d'avertissement pour libérer leur joie.

Séverine et Pierre occupaient à l'hôtel deux chambres qui communiquaient. Dès que la jeune femme fut dans la sienne elle dit à son mari :

— Va te changer, Pierre. Et frictionne-toi bien. La matinée est très fraîche.

Comme elle frissonnait un peu, Pierre lui proposa de l'aider à se déshabiller.

— Non, non, s'écria Séverine. Va, te dis-je.

Au regard de Pierre aussi bien qu'à sa propre gêne elle comprit qu'elle avait apporté trop de vivacité à ce refus et qu'il ne témoignait pas seulement de sa sollicitude. « Après deux ans de mariage », semblaient dire les yeux de Pierre. Séverine sentit ses pommettes plus chaudes.

— Dépêche-toi, reprit-elle nerveusement. Tu vas nous faire prendre froid.

Comme il ouvrait la porte, Séverine le rejoignit un instant et se serrant contre lui :

— Quelle belle promenade nous avons faite, mon chéri. Tu me rends chaque minute si pleine.

Pierre retrouva sa femme dans une robe noire sous laquelle se devinait la liberté d'une belle chair, un peu dure. Il ne bougea pas pendant quelques secondes, ni elle. Ils avaient du plaisir à se regarder. Puis il vint l'embrasser à l'endroit où le cou se lie mollement à l'épaule. Séverine lui caressa le front. Pierre sentit dans ce geste une nuance essentiellement amicale qui l'intimidait toujours. Il releva très vite la tête pour être le premier à se détacher et dit :

— Descendons, veux-tu. Nous sommes en retard.

Renée Févret les attendait dans la pâtisserie viennoise. Cette femme, petite, élégante et vive, toute en mouvements et en éclats de voix, avait épousé un ami de Pierre, chirurgien comme lui. Elle s'était prise pour Séverine d'une affection profonde et désordonnée qui avait eu raison de la réserve de la jeune femme et l'avait acculée au tutoiement.

Dès qu'elle aperçut les Sérizy sur le seuil de l'établissement, Renée leur cria à travers toute la salle en agitant son mouchoir :

— Ici, je suis ici. Ce n'est pas gai d'être seule au milieu de ces Anglais, Allemands, Yougoslovaques. Vous voulez donc que je me sente à l'étranger.

— Il faut nous excuser, dit Pierre. Notre pur-sang nous a menés trop loin.

— Je vous ai vus revenir. On peut dire que vous êtes beaux tous les deux. Et toi, Séverine, étais-tu gentille en homme bleu... Allons, que voulez-vous boire ? Martini ? champagne-cocktail ?... Mais voici Husson. Il nous donnera des idées.

Séverine fronça légèrement ses épais sourcils.

— Ne l'invite pas, murmura-t-elle.

Renée répondit trop vite — du moins il le sembla à Séverine :

— Je ne peux plus, chérie. Je lui ai déjà fait signe.

Henri Husson se coulait entre les tables avec agilité et nonchalance. Il baisa la main de Renée puis celle de son amie — longuement. Le contact de ces lèvres fut désagréable à Séverine comme une équivoque. Quand Husson se redressa elle le regarda bien en face. Il supporta cette inquisition sans un mouvement de son visage émacié.

— Je viens de la patinoire, dit-il.

— Vous vous êtes fait admirer ? demanda Renée.

— Non. Quelques figures à peine. Il y avait cohue. J'ai préféré regarder les autres, ce qui est assez plaisant quand les gens sont adroits. Je pense à une algèbre angélique.

Sa voix, qui contrastait avec l'immobilité et l'usure de ses traits, était fiévreuse, riche d'inflexions et d'une qualité musicale singulièrement prenante. Il en usait discrètement, comme s'il ignorait son pouvoir. Pierre aimait à l'entendre et demanda :

— Il y avait de jolies femmes ?

— Une demi-douzaine, ce qui est de la chance. Mais où s'habillent-elles? Tenez, madame (il s'adressait à Séverine), vous connaissez la grande Danoise, celle qui habite votre hôtel... Figurez-vous qu'elle portait un tricot olive à raies avec une écharpe rose-crème.

— Quelle horreur, s'écria Renée.

Husson poursuivit, sans quitter les yeux de Séverine.

— Cette fille, d'ailleurs, avec ses reins et ses seins ne devrait aller que nue...

— Vous n'êtes pas exigeant, dit Pierre en riant. Surtout vous...

Il touchait la pelisse épaisse de laquelle Husson demeurait enveloppé malgré la chaleur de l'endroit et qui ne laissait dépasser que ses longues, belles e maigres mains frileuses.

— Le vêtement chez la femme est fonction de la sensualité, reprit Husson. S'habiller, lorsque l'on est chaste, me paraît obscène.

Séverine avait détourné la tête, mais elle sentait sur elle un regard tenace. Beaucoup plus que les paroles de Husson, cette obstination à les lui dédier provoquait sa gêne.

— Bref, les Anges de la patinoire vous déplaisent? demanda Renée.

— Je n'ai pas dit cela. Le mauvais goût m'énerve et c'est toujours agréable.

— C'est-à-dire que si l'on veut vous plaire, répliqua Renée avec une gaieté que Séverine trouva moins libre que de coutume, il faut se fagoter.

— Mais non, mais non, dit Pierre. Je saisis très bien. Il y a provocation dans certain assemblage de couleurs. Cela rappelle le mauvais lieu, n'est-ce pas, Husson?

— Ces hommes sont bien compliqués, tu ne trouves pas? demanda Renée à Séverine.

— Tu entends, Pierre?

Il se mit à rire de son rire viril et tendre.

— Oh, je tâche seulement de comprendre tout, dit-il. Avec un peu d'alcool, cela devient assez facile.

— Savez-vous, dit tout à coup Husson, que l'on vous prend pour de jeunes époux en voyage de noces. Pour des mariés de deux ans, c'est bien.

— Et un peu ridicule, n'est-ce pas? demanda Séverine d'un ton nettement agressif.

— Pourquoi donc? Je viens de dire que les spectacles qui m'énervent ne sont pas désagréables.

Pierre eut peur de la violence qui serra le visage de sa femme.

— Dites-moi, Husson, demanda-t-il, êtes-vous en forme pour la course? Il faut absolument battre les gens d'Oxford.

Ils parlèrent des bobsleighs, des équipes concurrentes. Quand ils eurent terminé, Husson pria les Sérizy de dîner le même soir avec lui.

— C'est impossible, répondit Séverine. Nous sommes invités.

Dans la rue, Pierre demanda :

— Husson te déplaît donc assez pour que tu te sois forcée à mentir. Mais pourquoi? il est courageux au sport, plein de culture, pas médisant.

— Je ne sais pas. Il m'est insupportable. Sa voix... qui semble toujours chercher en vous quelque chose que l'on ne voudrait pas... Ses yeux... ils ne bougent jamais, tu l'as remarqué. Cet air frileux... Et puis, enfin, nous ne le connaissons que depuis quinze jours... (elle fit une pause brusque). Dis-moi, nous n'allons pas le revoir à Paris? Tu ne dis rien... Tu l'as déjà invité. Ah, mon pauvre Pierre chéri, tu es incorrigible. Tu te lies avec une facilité, tu es confiant... Ne te défends pas. C'est un de tes charmes. Je ne t'en veux pas trop : à Paris, ce n'est pas comme ici. Je peux l'éviter.

— Renée le fuira moins.

— Tu crois...

— Je ne crois rien, mais elle se tait quand Husson est là. C'est un signe. A propos, où dînerons-nous ce soir? Il ne faut pas nous faire prendre.

— Mais chez nous.

— Et après? Le baccara?

— Non, je t'en prie, mon chéri. Tu sais bien que ce n'est pas pour l'argent que tu peux perdre, mais tu le dis toi-même, cela te laisse un goût de cendre. Et puis tu as ta course demain. Je veux que tu gagnes.

— Comme tu voudras, ma chérie.

Il ajouta, comme malgré lui :

— Je n'aurais jamais cru qu'il fût si doux d'obéir.

Parce que Séverine posait sur lui avec tendresse ses yeux un peu inquiétants de jeune fille.

Le soir ils allèrent au théâtre. Une troupe de Londres donnait *Hamlet*. Un célèbre et jeune acteur juif figurait le prince d'Elseneur.

Séverine, bien qu'elle eût été élevée en Angleterre, goûtait peu Shakespeare. Pourtant dans le traîneau qui les ramena sous la neige et la lune, elle respecta le silence de Pierre. Elle devinait qu'il emportait du spectacle une très noble tristesse et, sans la partager, l'aimait sur ce beau front.

— Movelski a vraiment du génie, murmura Pierre... un génie terrible. Il met le goût de la chair jusque dans la folie et la mort. Et il n'y a pas d'art plus contagieux que le charnel. Tu n'es pas de mon avis?

Comme elle tardait à répondre, il reprit pensivement :

— Tu ne peux pas savoir, c'est vrai.

II

Durant les derniers jours que les Sérizy passèrent en Suisse, Séverine se sentit brûlante, oppressée. A peine eurent-ils touché Paris qu'une congestion pulmonaire la terrassa.

La maladie fut d'une violence extrême. Une semaine entière, la jeune femme, lacérée par des ventouses scarifiées, livrée aux morsures des sangsues, haleta sur les berges de la mort. Quand elle reprenait conscience, elle voyait à son chevet la sèche silhouette de sa mère et dans la chambre résonnait un pas qu'elle était vaguement satisfaite d'entendre mais qu'elle ne reconnaissait point. Puis elle replongeait dans sa fiévreuse et sourde vie de plante menacée.

Un matin, tandis que le petit jour pénétrait jusqu'à son lit comme une bête douteuse, elle sortit de cet état végétal. Son dos la faisait souffrir cruellement, mais elle respirait sans trop de gêne. Une forme était assise près d'elle. Séverine pensa que ce devait être Pierre. Ce nom, qui revint à son esprit d'une manière automatique, ne suscita en elle qu'un sentiment de sécurité confuse. La main de son mari se posa sur son front, le caressa. Séverine déplaça la tête. Pierre crut à un mouvement inconscient mais Séverine avait voulu éviter ce contact. Elle se sentait si bien, elle se suffisait si entièrement à elle-même qu'elle avait besoin d'oublier tout ce qui n'était pas elle.

Ce désir d'isolement, cet égoïsme exclusif ne la quittèrent que lentement. Elle passait des heures à contempler ses poignets amaigris tout bleus de veines tendres ou ses ongles d'un mauve encore morbide. Quand Pierre lui parlait, elle ne répondait pas. Que pesait l'amour de son mari auprès de celui qu'elle éprouvait pour son propre corps. Il était si précieux, si vaste et abondant! Séverine croyait percevoir le suave murmure du sang qui le nourrissait. Elle mesurait chaque jour la crue de ses forces avec une sensualité profonde.

Parfois, le visage fermé comme sur un secret, elle semblait poursuivre d'étranges images. Si, alors, Pierre s'adressait à elle, Séverine tournait vers lui un regard plein à la fois d'impatience, de mollesse et de confusion.

Mais lorsqu'elle pensait surprendre dans un geste de son mari une trace de désir, elle se sentait envahie de révolte, de lassitude.

Pierre, dans ces instants, admirait le visage de Séverine. La maladie l'avait dénudé au point de lui donner l'aspect d'un tendre adolescent. Il ne respirait plus que la jeunesse et la chasteté.

La vigueur de Séverine revint rapidement mais sans lui apporter de joie. A mesure que la fièvre quittait son corps, s'exténuait aussi son indéfinissable volupté. Séverine se trouva debout désemparée. Elle erra de chambre en chambre comme pour réapprendre sa vie.

Jusqu'au bureau de Pierre, c'était Séverine qui avait tout fixé dans l'appartement. Avant sa maladie elle aimait à contrôler l'ordre qu'elle avait établi parce qu'il était confortable et spacieux et parce qu'il portait la marque de sa domination. Maintenant encore, son orgueil en était satisfait, mais d'une manière abstraite, décolorée. Toute son existence lui apparaissait sous le même jour : un destin aisé, assuré, mesuré. Des parents qu'elle avait toujours vus à travers des gouvernantes, des années de pension en Angleterre faites de sport et de discipline... Oui, certes, elle avait Pierre, elle n'avait même que lui au monde... En pensant à ce cher visage Séverine souriait doucement et n'allait pas plus loin dans ses rêveries. Mais une attente subsistait en elle, vague, tenace et impérieuse qui circonvenait insensiblement l'image de Pierre et glissait par-delà le bloc intangible qu'elle formait vers un horizon inconnu, attente que Séverine ne comprenait pas, qui la troublait et qu'elle ne voulait pas admettre.

— Dès que j'aurai pu faire quelques parties de tennis tout s'arrangera, se disait-elle comme pour répondre à un reproche informulé.

C'était aussi ce que pensait Pierre lorsqu'il la voyait pensive, endormie.

Il y eut un jour dans cette étrange convalescence qui parut plus vif à Séverine : celui où elle reçut pour la première fois des fleurs de Husson. Ayant lu la carte qui les accompagnait elle demeura quelques instants comme saisie. Elle avait oublié l'existence de cet homme et voici qu'elle avait le sentiment d'avoir attendu que ce nom revînt dans sa vie. Elle pensa à lui jusqu'au soir avec malaise et hostilité. Mais cette gêne énervée correspondait si bien à son état moral qu'elle lui donnait un irritant plaisir.

Les envois se renouvelèrent.

« Il a bien vu que je ne pouvais le souffrir, pensa Séverine. Je ne le remercie pas, j'ai défendu à Pierre de le faire. Et il continue... »

Elle imaginait les yeux immobiles de Husson, ses lèvres frileuses et frémissait d'une répugnance qui retentissait en elle sourdement.

Cependant, Renée Févret venait chaque jour. Elle entrait en hâte, n'enlevait pas son chapeau, annonçait qu'elle ne disposait que de quelques minutes et restait des heures. Son bavardage l'enchaînait. Cette frivolité, tout en étourdissant Séverine, lui faisait du bien. Elle la replaçait dans un univers facile où il n'était question que de robes, de divorces, de liaisons et de fards... Par instants, toutefois, il semblait à Séverine qu'une fatigue amère vieillissait le visage de son amie et que sa vivacité avait quelque chose de machinal.

Un après-midi, comme elles se trouvaient ensemble, on apporta une carte à Séverine. Elle la tourna quelque temps entre ses doigts, puis dit à Renée :

— Henri Husson.

Il y eut un silence.

— Tu ne vas pas le recevoir, s'écria soudain Renée.

Son ton bref, tendu, ressemblait si peu à celui dont elle usait à l'ordinaire que Séverine faillit s'y soumettre sans réfléchir. Mais, la surprise passée, elle demanda :

— Pourquoi donc ?

— Je ne sais pas... Je me rappelle qu'il te déplaisait... Et puis j'ai encore tant à te raconter.

Sans l'étrange attitude de son amie, Séverine eût sans doute évité de voir Husson, mais la volonté que montrait Renée d'empêcher cette rencontre provoquait en même temps sa curiosité et son orgueil.

— Je peux avoir changé d'opinion, dit-elle. Et puis... toutes ces fleurs qu'il m'a envoyées.

— Ah... il t'a envoyé...

Renée s'était levée comme pour fuir, mais elle ne parvenait pas à mettre ses gants.

— Qu'as-tu donc, ma chérie ? demanda Séverine émue par ce désarroi. Tu peux me parler franchement. Es-tu jalouse ?

— Non, non... Je te l'aurais dit tout de suite. **Tu es droite, tu aurais compris. Non j'ai peur. Il s'amuse de moi. Je le connais bien maintenant. Il n'est que perversité. Il n'a de plaisir que par des combinaisons cérébrales. Ainsi, il a tout fait pour que je me méprise... il n'y a que trop réussi... Toi, c'est le contraire : il cultive le dégoût qu'il t'inspire. C'est un délice pour lui. Fais attention, ma chérie, il est dangereux.**

Aucune parole ne pouvait, autant que celle-là, décider Séverine.

— Tu vas voir, dit-elle.

— Non... non, je ne peux pas.

Demeurée seule, Séverine quitta son lit de repos et fit introduire Husson. La trouvant assise derrière une petite table et comme protégée par un vase plein d'iris à travers lesquels on la voyait mal, il sourit. Ce sourire prolongé, accentué par un silence voulu, ébranla la tranquillité de Séverine. Elle se sentit encore plus mal à l'aise lorsque, s'étant assis en face d'elle, Husson eut écarté les fleurs.

— Sérizy est absent ? demanda-t-il soudain.

— Sans doute. Autrement, vous l'auriez déjà vu.

— Il ne vous quitte guère, je pense, quand il est ici... Et... il vous manque ?

— Beaucoup.

— Je le conçois fort bien, puisque moi-même j'ai un grand plaisir à le voir. Il est beau, joyeux, réfléchi, loyal. Ce doit être un compagnon incomparable.

Séverine changea brusquement de conversation. Chaque éloge sorti de cette bouche diminuait, affadissait l'image de Pierre.

— Grâce à une amie qui vient me voir chaque jour, dit Séverine, je ne m'ennuie pas trop.

— Madame Févret ?

— Vous l'avez vue sortir ?

— Non, je sens son parfum ici, un peu comme elle, suppliant.

Il eut un rire qui fut odieux à Séverine.

— Pour une seconde, vous avez repris votre air habituel, remarqua Husson.

— J'ai donc tant changé? demanda la jeune femme avec un léger tressaillement.

Elle s'en voulut aussitôt de l'inquiétude irraisonnée qui, elle le sentait, avait transparu dans sa question. Husson répondit :

— Je trouve que vous avez perdu votre figure de jeune fille.

— Je vous remercie du compliment.

— Vous êtes à l'ordinaire plus franche envers vous-même...

Séverine attendit l'explication de cette phrase. Elle ne vint pas. Pour marquer son énervement, Séverine se redressa à demi et feignit d'arranger les fleurs placées près d'elle.

— Vous êtes fatiguée de rester assise, dit Husson. Ne faites pas de cérémonies avec moi. Allongez-vous.

— Mais je vous assure, j'ai l'habitude...

— Non, non, Sérizy m'en voudrait trop. Allongez-vous.

Il s'était levé, écartant son fauteuil pour laisser un passage libre à la jeune femme. Séverine chercha une réplique nette et dure comme elle en savait trouver si aisément avant sa maladie, mais il ne s'en présenta aucune à son esprit. Pour éviter que cette sorte de lutte ne tournât au ridicule, elle alla s'étendre, pleine d'irritation et de gêne.

— Si vous saviez comme vous êtes mieux ainsi, reprit doucement Husson. Vous devez croire — et on a dû vous le répéter — que vous étiez faite pour le mouvement. Les gens sont superficiels. Dès que je vous ai connue, j'ai pensé à vous couchée. Comme j'avais raison! Quelle mollesse soudaine! Quelle confession des muscles...

Tout en parlant, il s'était placé un peu en retrait, de sorte que Séverine ne le voyait plus. Sa voix était seule à agir, cette voix dont, à l'ordinaire, il semblait ignorer la puissance et de laquelle il jouait maintenant comme d'un instrument dangereux. Elle ne s'adressait pas à l'ouïe seulement, mais à toutes les cellules nerveuses, dissolvante, secrète. Séverine, toute crispée, était sans force pour l'obliger à se taire. Affaiblie par l'effort qu'elle avait fourni, captive de ces ondes insinuantes, elle avait l'impression de retrouver les limbes de sa convalescence et cette volupté sans visage qui l'avait alors baignée.

Soudain, deux mains pesèrent à ses épaules, une haleine avide lui brûla les lèvres. Pendant une fraction incalculable de seconde elle fut stupéfaite du plaisir aigu qui la saisit, mais il fit place aussitôt à un dégoût sans bornes. Sans qu'elle sût comment, elle se trouva debout et chuchota d'un souffle pressé, charnel :

— Non, vous n'êtes pas fait pour le viol.

Ils se dévisagèrent longuement. Dans cette minute, il n'y eut aucune barrière entre eux. Ils découvraient dans les yeux l'un de l'autre des sentiments, des instincts que chacun, peut-être, ignorait de lui-même. Ce fut ainsi que Séverine lut chez Husson une admiration qui lui fit peur.

— Vous avez raison, dit-il enfin. Vous méritez beaucoup mieux que moi.

Sa douceur respectueuse était celle qui entoure les victimes qu'un Dieu a choisies.

Les sentiments qui, après le départ de Husson, se présentèrent à Séverine furent neutres, sans relief, sans action. Elle se rendait compte qu'elle n'avait plus pour lui ni colère, ni répugnance et ne s'en éton-nait point. Elle savait aussi avec certitude qu'elle ne lui céderait jamais, que même il n'essaierait plus rien sur elle. Pourtant, elle le considérait comme un complice.

Brusquement, l'idée lui vint qu'il faudrait raconter cette scène à Pierre. Elle était si habituée à tout lui dire qu'elle n'eut pas la tentation de se dérober cette fois. Cependant, ce récit, d'avance, l'accablait d'ennui. Pierre lui semblait si étranger à l'univers qui venait d'être le sien.

— Pierre... Pierre...

Séverine se surprit à répéter ce nom comme si elle eût voulu le remplir de substance. Mais cela ne réussit pas à la tirer de sa singulière anesthésie. Quand elle entendit le pas de son mari, elle ne s'inquiéta point de la manière dont elle lui apprendrait la tenta-tive de Husson. Il remarquerait tout de suite à son visage qu'un événement anormal s'était produit, il l'interrogerait, elle parlerait... Était-ce là l'important ?

Mais Pierre ne l'examina pas de ce regard péné-trant et amoureux auquel Séverine s'attendait. Il l'embrassa à peine. Mieux que ne l'auraient pu faire des questions pressantes, cette attitude rendit Séverine à elle-même. Elle eut l'impression qu'un soutien si constant qu'elle n'y prenait plus garde se dérobait tout à coup, qu'elle trébuchait. Alors la figure de Pierre la frappa. Tirée, inerte, elle semblait ne plus lui appartenir. Dans ses larges yeux, et bien qu'il fît tout pour la dissimuler, paraissait une angoisse égarée.

— Tu as du chagrin, mon chéri ? demanda la jeune femme.

Pierre tressaillit, appuya son menton sur sa main, comme pour empêcher sa mâchoire inférieure de trembler.

— Ne t'inquiète pas, dit-il. Des ennuis de métier...

Il tâcha de sourire, mais sentit que c'était pitoyable et renonça. Comme Pierre ne lui parlait jamais de sa profession pour qu'elle oubliât tout ce qu'elle comportait de sanglant labeur, Séverine crut qu'il livrerait difficilement la cause de sa tristesse. Mais celle-ci était sans doute trop lourde à porter et Pierre continua :

— C'est affreux, tu sais... Je ne croyais pas... Rien ne faisait prévoir... Ce petit Italien si gai...

Comme il n'achevait point, Séverine dit tout bas :
— Il est mort... Pendant l'opération ?

Pierre voulut répondre, mais ses lèvres frémissaient trop. Tout ce qu'elle avait senti de trouble, d'étranger à Pierre fut soudain balayé chez Séverine. Il n'y eut plus en elle qu'une tendresse infinie, quelque chose de vaste et de maternel où semblait fondre son cœur. Elle entoura la tête de Pierre de ses bras en disant des mots qu'elle ne contrôlait point :

— Mon petit, ce n'est pas ta faute. Il ne faut plus être triste. Quand tu es malheureux, je vois bien que tu es toute ma vie.

III

Séverine se réveilla de très bonne heure. Malgré ce repos écourté, elle se sentit si fraîche, si agile, que son premier mouvement fut de sortir du lit. Mais elle fut arrêtée par la perception d'un corps immobile étendu près du sien et qui en limitait la liberté. Pierre était là... pour la première fois depuis la maladie, ils avaient passé la nuit ensemble. Comme elle avait bien dormi, sans rêves, sans douteuse germination.

Était-ce lui qui l'avait défendue? En lui appartenant, s'était-elle délivrée?

Pourtant, elle avait été poussée vers Pierre par le seul désir de vaincre souverainement sa tristesse. Pour elle, comme à l'ordinaire, elle n'avait eu que la joie innocente de le sentir heureux par elle. Quand il l'avait serrée contre lui, Séverine s'était demandé si le travail plein d'obscures délices qui avait amolli sa convalescence n'allait pas se résoudre en un transport qu'elle ignorait. Mais Pierre, ayant dénoué ses bras, avait trouvé les yeux de Séverine toujours vierges. Si une déception confuse avait effleuré alors la jeune femme, elle l'oublia aussitôt en voyant les traits que le chagrin avait défaits retrouver leur virilité, leur douceur.

Elle ne pouvait les distinguer maintenant, dans

l'ombre de l'aube, mais la masse de la tête lui suffisait pour en reconstituer les belles lignes. Pierre dormait avec un souffle confiant de petit garçon. Il émut profondément Séverine. Les deux années qu'ils avaient vécues côte à côte passèrent dans sa mémoire comme un feu riche et soutenu. Combien Pierre avait su les lui rendre faciles! Jamais une défaillance dans sa sollicitude. Avec quelle docilité il s'était employé — lui de qui elle connaissait la fierté à l'égard des autres — à son bonheur!

Le silence était pénétrant, propice à la gratitude et au scrupule.

« Ai-je su reconnaître tant d'amour? se demanda Séverine. Ai-je toujours pris soin de sa joie? Tout ce qu'il a fait pour moi, je l'ai accepté comme naturel, comme dû. »

Ces remords lui étaient doux à concevoir. Pour une âme vigoureuse dans ses réactions, rien ne possède une vertu aussi exaltante que de reconnaître des fautes qu'elle a la volonté de réparer. La volonté et les moyens. Or, Séverine prenait en même temps conscience de ce qu'elle devait à Pierre et de ce qu'elle pouvait sur lui. Un jour auparavant, elle n'eût point cru que sa voix et ses bras pussent rendre si vite à la paix un cœur pleinement désespéré.

« Maintenant, je sais, pensait Séverine, il dépend de moi comme un enfant. »

Elle se rappela que Pierre l'appelait parfois sa drogue. Elle ne comprenait pas l'ombre ténébreuse et puissante de ce mot, et ne l'aimait pas, tellement lui répugnait tout ce qui s'écartait de la santé, de la norme. Son esprit ne s'était jamais arrêté aux expériences que son mari avait pu faire avant de la rencontrer. Qu'avaient-ils besoin d'autre que de ce qui existait entre eux : cette tendresse, cette simplicité?

Séverine songea au sourire éclatant de Pierre, à

ses mains fraîches et franches. Une seconde elle eut peur à l'idée que ce sourire, que cette fraîcheur étaient à sa merci.

« Combien je peux lui faire de mal! » se dit-elle.

Aucun orgueil n'altérait cette inquiétude. A cela Séverine mesura mieux encore la profondeur et l'intégrité de son amour. Elle n'avait que Pierre au monde, elle ne chérissait que lui.

Cette assurance fut si forte, elle venait de si loin que Séverine sourit de sa crainte fugitive. Quoi qu'il advînt, jamais Pierre ne souffrirait par elle. Quelle merveilleuse chaleur elle se sentait pour cet homme à la respiration d'enfant. Puisque entre ses mains reposait toute sa peine et toute sa joie, elle saurait faire pour lui de chaque journée une journée heureuse. Et cela jusqu'à la fin de leurs vies jumelées. Jusqu'à la fin ils iraient sans une équivoque. Séverine eut conscience qu'elle était comptable d'une flamme très belle, mais elle se sentait tant de force, de pureté et d'amour que cette mission lui parut magnifique et aisée.

Une autre qu'elle se fût peut-être à cet instant souvenue des rêves qui avaient suivi sa maladie, de cette étrange union qui, la veille encore, l'avait liée à Husson. Mais l'éducation surtout physique que Séverine avait reçue, la santé habituelle de son corps, son équilibre parfait, une propension naturelle au calme et à la joie, tout l'incitait à ne pas s'interroger. Elle ne s'attachait qu'à la partie superficielle de ses émotions, ne contrôlait que la part la plus manifeste d'elle-même. Ainsi, croyant se gouverner pleinement, Séverine n'avait aucun soupçon de ses forces essentielles, dormantes et, par là même, aucune emprise sur elles. Comme ces réserves secrètes avaient soutenu jusqu'alors des penchants que sa raison tenait pour droits, ses désirs avaient toujours une vigueur à laquelle

elle cédait d'un impatient, d'un invincible mouvement.

Elle ne voulut pas attendre davantage pour montrer à Pierre la nouvelle tendresse dont elle était submergée et lui embrassa longuement le front. Encore à cette limite incertaine entre la veille et le sommeil où le corps sans guide est magnétisé par son instinct, Pierre se pressa contre Séverine. Il demeura quelques secondes mêlé à cette plage obscure et chaude qu'est une femme aimée avant qu'on prenne conscience d'elle. Puis il murmura d'une voix toute nourrie de rêves :

— Ma chérie, ma chère chérie.

Séverine alluma doucement la lampe posée sur une table basse près du lit. Elle avait besoin de voir la félicité pure, dépouillée de pensée qui se livrait dans ces paroles. La lumière, voilée d'une soie opaque, s'étala mollement à travers la chambre. Pierre n'en fut pas heurté, ne remua point, mais ce que Séverine avait tenté de surprendre, le mystère végétal d'un visage qui n'appartient encore qu'aux ombres et à la vie, avait disparu de ses traits. Il était revenu au sentiment de lui-même.

— Comme je suis heureux de te retrouver, dit-il.. Cela me manquait tant.

Il ouvrit soudain les yeux.

— Ah oui! reprit-il lentement... le petit Marco... c'était un petit Italien. Il aimait beaucoup jouer avec moi.

Cette fois, il suffit à Séverine de poser sa main sur les cheveux de Pierre pour le calmer. Il dit à mi-voix :

— Je ne souffre déjà plus. Je suis trop plein de toi. Il me reste très peu de sensibilité pour les autres.

— Tais-toi. Si tout le monde te ressemblait la vie serait meilleure. Tu sais, poursuivit Séverine avec ardeur, j'ai tant pensé à toi ce matin.

— Tu es donc réveillée depuis longtemps? Mais il fait à peine jour. Tu ne t'es pas sentie bien? Et moi qui dormais.

Séverine se mit à rire tendrement.

— Ne renverse pas les rôles, dit-elle. Je voulais te dire combien tu m'étais cher, te demander comment te rendre heureux...

Elle s'arrêta comme si elle avait fait une fausse note. Il y avait sur le visage de Pierre un peu de stupeur et beaucoup de gêne.

— Je t'en prie... murmura-t-il... Tu es trop gentille. C'est toi qui es mon enfant.

— En tout cas, reprit Séverine, il faut que je me mêle davantage à ta vie. Je veux tout savoir de ce que tu fais : tes malades, tes opérations. Je ne t'aide en rien.

Ce ne fut pas de la reconnaissance qu'éprouva Pierre mais le sentiment d'être coupable. Ainsi que tous les hommes délicats et forts lorsqu'ils aiment, il était fait de telle sorte que le moindre soin de Séverine à son égard lui apparaissait comme une faute commise par lui envers elle.

— Je me suis laissé aller, hier soir, répondit-il, et te voilà inquiète pour moi. J'ai honte. Mais sois tranquille, chérie, tu n'auras plus à souffrir de cela.

Une légère impatience vint à Séverine. Il était donc si difficile de mettre en œuvre une intense volonté d'amour. Tout se retournait contre son dessein. Elle voulait servir Pierre et c'était lui qui, sans cesse, se mettait à son service.

Il y avait bien, outre son métier, sa vie morale, ses lectures, ses méditations, qu'elle pouvait essayer de partager. Mais dans ce domaine Séverine se sentit impuissante malgré tout son élan. La culture, les facultés, l'envie, lui faisaient défaut pour joindre une activité dont elle n'avait jamais eu le souci.

Avec un désarroi naissant et un immense désir de donner, elle murmura :

— Que puis-je donc pour toi, mon amour ?

Son accent fit que Pierre se pencha attentivement sur elle. Ils se dévisageaient comme s'ils se découvraient. Et la jeune femme lut cette prière tremblante au fond des larges yeux gris :

« Ah ! Séverine, Séverine, si tu pouvais enfin ne plus m'accorder ton corps pour ma seule joie, mais la connaître toi-même et te perdre dans elle. »

Ce regard portait un appel si fort, si dense, que Séverine en fut émue charnellement comme elle ne l'avait jamais été. Ce que le geste de Husson lui avait fait un instant éprouver la veille, voici qu'elle le ressentait de nouveau mais avec la félicité de la tendresse. Que Pierre la serrât de ces mains dont elle connaissait la force, de ces membres sur lesquels elle avait tant de fois vu courir des muscles fiers, et sans doute, sûrement, elle plierait sous la joie qu'il suppliait d'elle. Mais au moment où il la saisissait, Séverine surprit une lueur de gratitude sur son visage. Une fois encore, elle se laissa prendre avec un sentiment maternel.

Ensuite Pierre et Séverine furent sans mouvement.

A quoi, à qui pensait Pierre ? Peut-être à des maîtresses qu'il avait eues, qu'il n'avait point aimées et qui pourtant avaient reçu de lui le plaisir presque mortel de la volupté... Peut-être à l'injustice qui faisait, de cette femme étendue à son côté pour laquelle il eût donné sa vie, de cette femme qui l'aimait, un corps incapable du parfait mélange dont il avait un désir farouche et religieux.

En Séverine, une triste stupeur se faisait jour, parce qu'elle savait avoir toute puissance sur Pierre et que malgré cela elle n'était point parvenue à se faire ouvrir davantage une âme qui lui appartenait. Cette âme, sans le vouloir, se refusait à elle, comme sa chair se refusait à lui.

Le silence qui régnait entre eux était lourd de cette défaite.

Ils avaient heureusement l'un pour l'autre cette amitié passionnée qui apaise tout. Rien ne fut abîmé de leurs sentiments essentiels. Ils éprouvèrent au contraire le besoin de se rapprocher, d'affirmer ce qui était indestructible. Sans s'en apercevoir, Séverine mit sa main dans celle de son mari. Il la serra d'une pression ferme, sans trouble sensuel, en compagnon de route, de vie. Elle lui répondit de même. Ils sentirent que leur amour se trouvait au-dessus d'un désaccord où ils n'étaient pour rien.

« La volupté, songeaient-ils ensemble, n'est qu'une flamme fugitive. Nous avons en partage un bien plus rare et plus sûr. »

Le jour était venu qui dissipe les mystérieux et trop profonds débats où sont engagés les instincts, lianes de l'ombre. Pierre et Séverine se regardèrent, se sourirent. La jeune lumière, implacable pour tout ce qui se flétrit, était clémente à leurs jeunes visages. Ils émergeaient de la nuit, pleins de fraîcheur.

— Il est tôt encore, dit Séverine, tu as le temps avant d'aller à l'hôpital. Accompagne-moi au Bois.

— Tu n'as pas peur de te fatiguer?

— C'est fini, je ne suis plus malade. Habille-toi vite.

Quand Pierre eut quitté la chambre, Séverine se souvint qu'elle ne lui avait pas encore parlé de Husson.

« Je ne lui dirai rien, décida-t-elle. Je ne veux pas qu'il ait de peine inutile. »

Elle se sentit meilleure de cacher pour la première fois quelque chose à Pierre et l'en aima davantage.

IV

Séverine se trouva comme exorcisée. Cette femme inconnue qui, toute proche de la mort, avait senti dans sa faiblesse puis dans sa résurrection se dissoudre les éléments de son intégrité par un jeu d'images singulières et corrompues mêlées pendant quelques semaines à son être net — le seul que Séverine acceptât — s'était enfin détachée d'elle et, elle le sentait bien, à jamais. Née de la maladie, cette ombre tombait en poudre maintenant que Séverine était revenue à la santé, que son esprit recommençait à saisir normalement les rapports d'un monde raisonnable.

Elle y reprit sa place avec assurance. La nourriture, le sommeil, l'affection, les plaisirs honnêtes, tout se mit au service de Séverine comme auparavant dans un ordre favorable à son équilibre. Un goût neuf, un intérêt accru pour les détails de l'existence stimulèrent sa vitalité. Elle allait d'une pièce à l'autre comme à la découverte. Les meubles, les objets, lui communiquaient leur profonde et utile cohésion. Elle les gouvernait de nouveau, eux, les domestiques, ses sentiments, sa vie.

Sur son visage sérieux, cette force et ce mouvement intérieur plus intenses ne se livraient que par un rayonnement discret. Jamais Pierre ne lui avait trouvé tant de séduction, jamais non plus elle ne lui avait montré une tendresse si efficace, car la seule trace consciente qui subsistât chez Séverine de la crise informe qui avait suivi sa maladie était la résolution qu'elle avait prise de s'employer au bonheur de son mari. Elle avait échoué dans une tentative trop directe, mais le désir qui l'avait inspirée n'avait pas été vaincu par cet échec. Il veillait dans les inflexions de la voix, dans une douceur soutenue dont Pierre était à la fois ému et inquiet. Cette sollicitude déplaçait l'axe selon lequel il avait vécu jusque-là.

Deux traits qu'il reconnut pour fixes vinrent dissiper l'appréhension que lui causait une attitude si nouvelle : Séverine montrait la même pudeur presque sauvage qu'auparavant et elle ne changeait pas sa manière de s'habiller.

Séverine en effet renouvelait ses toilettes avec l'appétit joyeux qu'elle apportait à tout maintenant, mais elle choisissait, comme par le passé, des étoffes et des formes de jeune fille. Quelquefois Pierre l'accompagnait chez les couturiers et les modistes pour partager le plaisir de Séverine et aussi pour que les prix — quels qu'ils fussent — ne la fissent point hésiter. Mais dans ces longues stations la compagne inséparable de Séverine était Renée Févret. Cette jeune femme dévoilait sa vraie raison d'être parmi les coupons, les mannequins, les essayeuses, les vendeuses. Elle y apportait une sorte de lyrisme, une émotion véritable et un goût sans défaut. Séverine, moins attirée par ces exercices et toujours tentée d'en finir trop vite, attachait beaucoup de prix à ce concours passionné.

Pourtant un soir où elle devait se rendre à un essayage décisif, elle attendit en vain Renée. Ce fut seulement chez le couturier et comme Séverine avait déjà mis sa nouvelle robe que son amie la rejoignit.

— Pardonne-moi, s'écria Renée, mais si tu savais...

Elle jeta à peine un regard sur la robe de Séverine, ne fit aucune observation puis, profitant d'un instant où la vendeuse s'éloignait, elle chuchota rapidement :

— J'ai appris une chose inouïe des Jumiège chez qui je prenais le thé. Henriette, notre amie Henriette, va régulièrement dans une maison de rendez-vous.

Comme Séverine ne réagissait pas, Renée poursuivit :

— Tu ne le crois pas. J'ai été comme toi d'abord et ce sont les détails qui m'ont menée si tard. Mais on ne peut pas douter. C'est Jumiège lui-même qui, ayant été branché avec Henriette, a entendu au téléphone sa conversation avec la tenancière. Et tu connais Jumiège. Il est bavard, mais pas menteur. Et puis ce serait un crime... C'est tout à fait secret, naturellement. Jumiège me l'a recommandé.

— Tout le monde le saura donc, dit paisiblement Séverine. Mais que penses-tu de ma robe? Je dois la mettre demain soir.

— Oh! excuse-moi, chérie. Je n'ai pas une tête aussi solide que la tienne. Attends... Écoutez, mademoiselle.

Elle fit des indications méticuleuses, mais Séverine sentait quel effort de volonté lui était nécessaire pour cette tâche qui, d'habitude, l'absorbait entièrement. L'essayage à peine achevé, Renée demanda :

— Que fais-tu maintenant?

— Je rentre. Pierre ne va pas tarder.

— Alors je t'accompagne. Il faut tout de même que je te parle d'Henriette. Je ne te comprends pas...

Elles montèrent en voiture et aussitôt Renée reprit :

— Vraiment, je ne te comprends pas... Je t'annonce une chose pareille et tu parais n'y plus songer.

— Mais j'ai vu Henriette deux fois au plus. Tu le sais bien...

— Cent fois ou une, peu importe. C'est le fait, le fait lui-même, quand il s'agirait d'une inconnue, qui est... qui est... je ne trouve pas le mot... Voyons, tu ne te rends pas compte, tu penses encore à ta robe... Une femme de notre monde, moins riche que nous, c'est entendu, mais une femme comme toi, comme moi et qui va dans une maison de rendez-vous.

— Une maison de rendez-vous ? répéta machinalement Séverine.

Frappée par le ton de son amie, Renée demeura interdite quelques secondes, puis elle dit à voix plus basse :

— J'aurais dû m'en douter. Tu es en dehors de toutes ces choses... Tu es si fraîche et tu ne peux pas saisir cette horreur. Il vaut mieux...

Mais le besoin où elle était de communiquer son agitation la poussait trop vivement.

— Non, il faut que tu saches, s'écria-t-elle. Cela ne peut pas te faire de mal, on ne vit pas les yeux fermés. Écoute, même d'un homme pour qui l'on a seulement de la tendresse (« elle pense à son mari », se dit Séverine qui s'en voulut de songer à Pierre), certaines choses sont pénibles. Alors, chérie, alors imagine ce que cela peut être dans une de ces maisons. A la merci du premier venu, fût-il laid, sale. Faire ce qu'il veut, tout ce qu'il veut... Des inconnus qui changent chaque jour. Et les meubles appartenant à tout le monde. Ces lits... Une seconde, une seule, figure-toi que tu fais ce métier et tu verras...

Elle parla longtemps sur ce thème car Séverine ne répondait pas, ce qui poussait Renée à rendre plus épaisse, plus affreuse, la peinture qu'elle faisait pour arracher enfin un cri à ce silence obstiné.

Elle n'y réussit point, mais si le crépuscule avait été moins avancé, l'aspect de Séverine eût effrayé son amie. La figure froide et comme coincée dans un moule invisible, presque incapable de respirer, les membres lourds, lourds à laisser croire qu'ils ne pourraient plus jamais remuer, Séverine se sentait mourir. Elle ne savait point ce qui se passait en elle, mais elle ne devait jamais oublier cet état cadavérique ni cette angoisse indicible qui lui arrêtait le cœur. Devant elle passaient tour à tour des flammes et des nuées à travers lesquelles elle devinait des nudités tordues. Elle aurait voulu fermer ses yeux de ses mains, car ses paupières étaient aussi rigides que le reste de sa chair, mais ses mains reposaient sans force à côté d'elle.

— Assez, assez, eût-elle crié à Renée si elle l'avait pu.

Et cependant chacune des phrases de son amie, chacune des images odieuses qu'elle soulevait pénétraient en Séverine et profitant, semblait-il, de sa léthargie allaient se loger, terriblement vivantes, si loin, trop loin...

Séverine ne se rappela pas comment elle descendit de voiture, ni comment elle gagna son appartement. Une vague conscience d'elle-même ne lui revint que dans sa chambre et par un choc violent. Dès qu'elle avait été chez elle, Séverine avait été portée tout droit vers la grande glace qui lui servait à s'habiller. Elle s'était tenue immobile devant son image et si près de celle-ci qu'elle avait semblé vouloir se confondre avec elle. Ce fut dans le mystère glacé du miroir qu'elle se retrouva. D'abord par l'effet de sa stupeur et par une défense purement organique, elle crut voir une étrangère. Mais peu à peu elle vint à la notion que cette femme se rapprochait, l'enveloppait, s'incorporait à elle. Séverine eut un mouvement pour se détacher de la glace, pour fuir une possession dont elle ne voulait pas. Mais un désir plus fort que tout la retint. Il fallait qu'elle connût la figure vers la sienne tendue. Elle n'aurait pu dire pourquoi cela était nécessaire, mais elle sentait qu'il n'y avait pas d'acte plus essentiel, plus urgent que cet examen.

Il fut d'une acuité atroce. De ces joues blanches comme une surface crayeuse, de ce front bombé et nu sur des yeux caves, de cette bouche enfin si rouge sans être vivante et anormalement développée, se dégageait une telle impression de bestialité et d'épouvante que Séverine ne put soutenir plus d'un instant le spectacle qu'elle s'offrait. Elle courut vers la porte pour gagner une autre chambre, pour mettre le plus d'espace possible entre elle et celle qu'elle laissait figée, lisse et terrible, dans le miroir. Comme elle tournait le loquet, la porte résista. Séverine s'aperçut qu'elle était fermée à double tour. Une subite chaleur lui vint au visage.

— Je voulais donc me cacher, dit-elle à haute voix.

Par un réflexe de son orgueil, de sa franchise, elle ouvrit violemment et murmura :

— Me cacher?... de qui?

Mais elle ne dépassa pas le seuil. L'image qui vivait encore, elle en était sûre, tout près, sur la glace, allait-elle la montrer hors du lieu où elle l'avait surprise?

Séverine repoussa le battant et, en évitant de rencontrer des yeux tout ce qui pouvait la refléter, alla s'abattre sur un fauteuil. Elle comprima ses tempes brûlantes et bruissantes entre ses poings. Ceux-ci étaient glacés. Peu à peu leur fraîcheur calma la fièvre étrange de Séverine et, enfin, elle put penser, car tout ce qui s'était passé en elle jusque-là n'avait été que mouvements instinctifs, impulsions et désordre dont elle avait perdu la mémoire. Le souvenir même de son masque d'animal éperdu s'en était effacé.

Séverine émergea de ce chaos sans autre sentiment que celui d'une honte intolérable. Il lui semblait qu'elle était souillée à jamais et qu'en même temps elle ne pouvait ni ne voulait se laver de cette souillure.

— Mais qu'ai-je donc? Qu'ai-je donc? gémit-elle à plusieurs reprises en balançant sa tête de droite à gauche.

Elle tâcha de rallier les vestiges épars et vagues des minutes qu'elle venait de traverser. Ce fut en vain. Quoi qu'elle fît, une interdiction plus puissante que tous ses efforts et qui venait d'une profondeur où sa volonté n'avait point accès, l'empêchait de reconstruire les propos de Renée.

Brusquement, Séverine passa dans le bureau de Pierre où se trouvait le téléphone et demanda le numéro de son amie.

— Écoute, chérie, lui dit-elle, d'une voix dont elle sut vaincre l'altération, j'ai dû avoir une sorte d'étourdissement dans la voiture. Figure-toi que je ne me souviens plus de la manière dont je t'ai quittée.

— Mais très naturellement. Je ne me suis aperçue de rien.

Séverine respira profondément. Elle ne s'était pas trahie. Elle ne se demanda pas en quoi elle eût pu le faire. Elle l'ignorait.

— Te sens-tu mieux? reprit Renée.

— C'est fini tout à fait, dit vivement Séverine. Je n'en parlerai même pas à Pierre.

— Tu devrais faire attention davantage. Ces soirées de printemps sont dangereuses. Tu ne te couvres pas assez...

Séverine écoutait avec impatience. Pourtant elle n'arrêtait pas l'entretien. Elle attendait, elle craignait, elle espérait que Renée continuerait. Peut-être reviendrait-elle à cette aventure...

« Alors, se disait Séverine, je comprendrai sans doute ce qui s'est passé. »

Elle croyait sincèrement que c'était l'unique motif qui la faisait rester à l'appareil.

Mais Renée n'avait pas encore terminé ses recommandations que Séverine entendit le pas de Pierre, et, soudain, la peur inexplicable qui l'avait enfermée dans sa chambre la saisit de nouveau. Si Renée parlait d'Henriette, Pierre devinerait. De nouveau elle ne se demanda point ce qu'il pourrait deviner car cela aussi elle ne le savait point, mais elle suspendit le récepteur d'un geste fiévreux.

— Tu viens de rentrer, chérie? demanda Pierre.

— Mais non, il y a bien dix minutes que...

Séverine s'arrêta affolée. Elle avait encore son manteau, son chapeau. Elle reprit précipitamment :

— Dix minutes... C'est-à-dire... Je ne sais pas au juste... sans doute moins. Je me suis rappelé que j'avais une chose à demander à Renée... Alors avec le téléphone, tu sais, je n'ai pas eu le temps, mais ne crois pas...

Sentant que chacune de ses paroles témoignait davantage du sentiment de faute qui l'accablait et que, au prix de sa vie, elle n'eût pu définir, Séverine balbutia :

— Une seconde. Je vais me déshabiller.

Quand elle revint, sa raison lucide, presque virile, avait triomphé de l'ennemi encore inconnu qui s'était tapi au plus secret d'elle-même. Elle avait pris conscience de la bizarrerie, voisine de la démence, de son attitude. Elle n'était coupable de rien, elle le savait. Pourquoi ce besoin de s'excuser? Cet égarement suspect?

Séverine embrassa son mari. Mieux que tout argument, la sécurité qu'elle éprouva, comme toujours, à son contact, la détendit. Pour la première fois dans cette soirée où tout se déroulait selon une volonté étrangère à elle, déréglée, despotique, Séverine se sentit libre. Elle eut un soupir de bien-être, de salut, si éloquent que Pierre demanda :

— Tu as de la peine? Un malentendu avec Renée?

— Où vas-tu chercher une idée pareille, mon chéri? Je suis très contente, au contraire. Ma robe est charmante et j'ai envie de m'amuser. Si nous sortions.

Séverine vit bien que Pierre avait un peu de tristesse. Elle se rappela que, de toute la semaine, cette soirée était la seule qui leur appartînt et qu'ils avaient résolu de la passer avec intimité. Elle se souvint aussi de sa décision, jusque-là fidèlement observée, de tout faire pour la joie de son mari, mais elle sentait un besoin invincible de reculer, grâce à un changement brutal, les terreurs qu'elle venait de vivre dans un passé qui ne fût plus immédiat.

Elle réussit d'abord dans son dessein. Le music-hall et l'établissement de danses où elle se fit conduire lui procurèrent, par leurs lumières et leurs bruits, cette suspension de sentiment qu'elle désirait. Mais dès qu'ils en furent sortis, une angoisse qu'elle reconnut filtra dans tout le corps de Séverine. Le bruit du moteur, les clartés et les ombres qui jouaient à l'intérieur de la voiture, le dos du chauffeur vaguement distinct à travers la vitre, rappelèrent à Séverine son retour avec Renée lorsqu'elle racontait...

Séverine était toute blanche lorsque Pierre, dans l'ascenseur, put discerner ses traits.

— Tu vois, ces sorties te fatiguent, observa-t-il doucement.

— Ce n'est pas cela... Rassure-toi. Je te dirai...

Un instant, Séverine se crut définitivement délivrée. Puisqu'elle avait décidé de se confier à Pierre tout allait devenir limpide. Il avait beaucoup vécu avant de la connaître. Par des exemples tirés de son expérience il expliquerait, il calmerait cette agitation satanique.

Fût-ce au seul espoir d'apaisement que Séverine dut la bouffée de chaleur qui lui monta aux tempes? Ou s'y mêla-t-il une autre attraction moins distincte mais plus trouble et plus puissante? Pour n'avoir pas à l'appréhender, Séverine parla aussitôt que se fut refermée sur eux la porte de leur appartement.

— J'ai été très émue par une histoire que m'a confiée Renée. Une de ses amies, Henriette, tu ne la connais pas, va souvent dans... une maison de rendez-vous.

Les derniers mots avaient été dits d'une voix si heurtée que Pierre en fut surpris. Il demanda :

— Et ensuite, ma chérie?

— Mais... C'est tout.

— Et te voilà décomposée pour cela seulement. Viens t'asseoir vite.

La conversation se tenait dans le vestibule. Pierre entraîna la jeune femme dans son bureau. Elle se laissa tomber sur le canapé. Elle tremblait d'une vibration légère, mais qui par sa fréquence et sa rapidité lui enlevait toute force.

Cependant, son attention veillait avidement, désespérément, à ce que Pierre allait dire. Et ce n'était plus un désir de calme qui la possédait, mais une curiosité invincible; un besoin organique comme la faim, d'entendre parler de ces choses qu'elle se refusait à imaginer.

— Réponds, voyons, réponds, dit-elle avec une prière, une crainte et une violence égales.

— Mais, ma pauvre chérie, c'est une aventure assez courante. L'envie du luxe, voilà tout. Cette Henriette, son mari gagne peu? oui? Que veux-tu, elle désire être habillée comme Renée, comme toi.

Alors... J'ai rencontré, comme tout le monde, des femmes de cette sorte dans les endroits dont nous parlons.

— Tu y allais souvent?

Cette fois, Pierre fut effrayé de l'accent de Séverine. Il lui prit la main et dit :

— Mais non, calme-toi. Je ne te savais pas si jalouse d'un passé qui est celui de chaque garçon.

Séverine eut le courage de sourire. Mais que n'eût-elle fait pour essayer d'étancher la soif qui la ravageait.

— Je ne suis pas jalouse, répondit-elle. Cela m'intéresse d'apprendre des choses nouvelles sur toi. Continue... continue...

— Que veux-tu que je te dise encore? Ces femmes — j'entends celles comme Henriette, — sont là-bas douces, soumises, peureuses. Voilà tout, mon chéri, et parlons d'autre chose car tous ces plaisirs sont parmi les plus tristes au monde.

Si Séverine avait pratiqué une intoxication quelconque, elle eût pénétré la nature intolérable du sentiment qui fondit sur elle. Elle fut aussi proche de la folie qu'un morphinomane à qui sa drogue est enlevée au moment même de la piqûre. Toutes les explications de Pierre répondaient si peu à ce qu'elle en attendait. Elles étaient dépouillées de saveur, de résonance. Une irritation que Séverine n'eût point crue possible la souleva contre son mari, une irritation qui naissait dans ses doigts, se répandait de proche en proche, sans épargner un nerf, une cellule, gagnait les seins, la gorge, le cerveau. Égarée, elle chuchota :

— Parle, mais parle donc.

Et comme Pierre la contemplait trop attentivement, elle cria :

— Tais-toi. Assez... Je ne peux plus... On devrait interdire... Pierre, Pierre, tu ne sais pas...

Des sanglots, des convulsions l'arrêtèrent.

— Séverine chérie, ma petite Séverine.

Pierre caressait les joues de la jeune femme, ses cheveux, ses épaules avec une pitié plus grande encore que son inquiétude car Séverine s'agrippait à lui comme s'il devait la sauver d'une poursuite affreuse et, lorsque ses mouvements désordonnés relevaient sa figure, elle montrait une déchirante expression d'enfant innocente et traquée.

Enfin, parmi ses plaintes, Pierre put discerner des paroles liées :

— Ne me méprise pas, ne me méprise pas.

Il crut que Séverine avait honte de ses larmes — elle ne pleurait jamais — et dit avec une sorte de vénération :

— Mais je te chéris encore davantage, ma petite fille. Combien te faut-il de pureté pour être blessée à ce point par cette histoire.

Séverine se détacha de lui d'une secousse brève, le regarda, hocha la tête d'un mouvement hébété :

— Oui. Tu as raison, dit-elle. Je vais me coucher.

Elle se releva péniblement. Pierre n'acheva pas le geste qu'il avait ébauché pour l'aider. Il avait eu soudain le sentiment d'être devenu étranger à Séverine. Pourtant quand il la vit debout, si défaite, il proposa timidement :

— Veux-tu que je passe la nuit avec toi ?

— Pour rien au monde.

Elle ajouta, quelques secondes après, voyant la pâleur de Pierre :

— Mais je serai contente si tu restes près de mon lit jusqu'à ce que je m'endorme.

Ce n'était pas la première fois que Pierre veillait Séverine, mais jamais d'un cœur aussi pesant. Dans la pénombre, il devinait que les yeux de la jeune femme se tournaient sans cesse vers lui. Enfin, il n'y put tenir et se pencha sur eux. Leur regard était d'une fixité mortelle.

— Qu'as-tu donc, ma chérie? demanda-t-il.

— J'ai peur (elle grelottait).

— Ne suis-je pas là? De qui as-tu peur? De quoi?

— Si je pouvais savoir.

— Tu as confiance en moi?

— Oh! oui, Pierre.

— Alors, dis-toi qu'il fera beau demain. Tu vois comme le ciel est étoilé. Dis-toi que tu iras au tennis, que tu te mettras en blanc et que tu gagneras trois sets de suite. Ferme les yeux, applique toutes tes forces à te représenter cela. N'est-ce pas que cela te fait du bien?

— C'est vrai, répondit Séverine, tandis que l'ennemie installée en elle — mais était-ce une ennemie? — et qui doublait d'une image secrète chacune de ses pensées, mêlait à la vision des balles volant au soleil le sourire frileux de Husson.

Séverine et Husson s'étaient rencontrés quelquefois dans des endroits publics depuis la tentative qu'il avait faite chez elle et la jeune femme avait toujours feint de ne pas le reconnaître. Il avait accepté docilement cette attitude. Pourtant, ce fut sans surprise apparente qu'il la vit venir à lui ce matin-là sur le court.

— Vous n'avez pas encore commencé de jouer? demanda Séverine.

— Pas encore, répondit-il, et je ne commencerai que lorsque vous n'aurez plus envie de ma conversation.

Ainsi que l'avait pressenti Séverine, ils étaient tous deux parfaitement à l'aise. Seule, l'étrange déférence de Husson, la même qu'il avait témoignée après son échec, glaçait un peu la jeune femme. Elle dit néanmoins :

— Renée et moi nous avons parlé de vous hier

soir (« il voit que je mens » pensa Séverine avec une lucidité et une indifférence égales). Elle m'a fait part d'une nouvelle qui doit vous intéresser. Il s'agit d'une amie à elle qui se rend dans une de ces maisons..

— Henriette, n'est-ce pas? Je sais... Je sais...

Il ne leva pas son regard vers Séverine, mais sembla épier longuement sa respiration avant de reprendre.

— Le cas n'est pas amusant. Question d'argent. Pas amusant en lui-même, corrigea-t-il d'une voix sans nuance comme pour apprivoiser Séverine, mais savoureux toutefois pour qui sait en user. Voici une femme ayant, à l'ordinaire, droit aux hommages, à la politesse tout au moins, et à qui l'on peut imposer tous ses désirs. Les plus exigeants et, comme on dit, les plus honteux. Oh! en général, la fantaisie des hommes est restreinte, mais traiter ainsi une femme du monde, c'est pire ou meilleur qu'un viol.

Séverine écoutait, la tête un peu inclinée, le buste très droit. Husson poursuivit de sa voix impersonnelle.

— Je ne vais plus guère dans ces maisons. J'en ai trop vu. Mais je les ai beaucoup aimées. Elles ont une odeur de vice pauvre. On y voit mieux pour quoi les corps sont faits. Il y a de l'humilité dans cette luxure pour celles qui en vivent aussi bien que pour ceux qui les paient. Le toucheur de bœuf prétend, avec raison, aux mêmes attentions que moi. Je parle, bien entendu, des maisons modestes, car, là aussi, le luxe abîme tout, des maisons comme le 42 de la rue Ruispar ou le 9 *bis* rue Virène ou... mais je pourrais en citer longtemps. Je n'y entre plus, vous ai-je dit, mais j'aime encore passer devant. Une façade bourgeoise près de l'hôtel des Ventes ou du Louvre et, derrière, des hommes inconnus dénudent et prennent des femmes esclaves, comme il leur plaît, sans contrôle. Cela nourrit l'imagination.

Séverine quitta Husson sans un mot, sans lui tendre la main. Leurs yeux ne s'étaient pas rencontrés.

A partir de cet instant les mille mouvements informes qui avaient supplicié Séverine se cristallisèrent en une ferme obsession. Elle n'en prit pas conscience sur-le-champ mais déjà était rompue la cloison qui avait isolé son être apparent du tréfonds où remuaient ses larves aveugles et toutes-puissantes. Déjà il y avait communication entre le monde ordonné où elle avait toujours vécu et celui qui s'était ouvert à elle sous la poussée d'un instinct dont elle hésitait encore à mesurer le pouvoir. Déjà se pénétraient, se liaient, son personnage habituel et l'être qui se réveillait en elle avec toute la vigueur que donne un long sommeil.

Séverine mit deux jours à comprendre ce qu'il réclamait d'elle, deux jours pendant lesquels elle accomplit les gestes et dit les paroles dont elle avait accoutumé de se servir. Personne, pas même Pierre, ne remarqua l'état d'auscultation frémissant où elle vécut. Mais elle, elle sentait fichée dans ses flancs, ardente, sans miséricorde, une écharde empoisonnée.

La même image heurta tout au long de ces heures son cerveau en déroute. Cette image, elle s'y était complue dans la félicité équivoque de sa toute première convalescence. Un homme dont le visage n'était qu'épais désir la poursuivait dans un quartier sordide. Elle le fuyait, mais de manière à ce qu'il ne la perdît point. Elle s'engageait dans une impasse. L'homme arrivait sur elle, elle entendait craquer ses chaussures, elle respirait son souffle pressé. Une angoisse, l'attente d'une volupté sans nom. Mais il ne la trouvait pas dans le coin où elle s'était cachée. Il s'en allait. Et Séverine cherchait en vain avec un désespoir déchirant cette brute qui emportait son plus important secret.

D'autres visions, plus basses encore et plus confuses qu'elle avait eues après sa maladie lui revinrent également, mais celle-là formait le thème profond autour duquel les autres s'ordonnaient. Séverine, deux jours et deux nuits, appela l'homme de l'impasse, puis un matin, Pierre, étant parti comme d'habitude pour son hôpital, elle s'habilla le plus sobrement qu'elle put, descendit, appela un chauffeur.

— Vous me mènerez rue Virène, lui dit-elle et vous traverserez cette rue d'un bout à l'autre, très lentement. Je ne me souviens plus du numéro, mais je reconnaîtrai la maison.

L'automobile prit par les quais. Bientôt Séverine aperçut la masse du Louvre. Sa gorge fut liée d'un nœud si étroit qu'elle y porta les mains comme pour le défaire. Elle approchait.

— La rue Virène, cria le chauffeur en freinant.

La tête de Séverine se tourna vers le côté des numéros impairs. Une façade... une autre... et voici qu'elle devina — avant que la voiture eût passé devant — celle qu'elle cherchait. Cette maison ne se distinguait en rien des autres, mais un homme venait de pénétrer sous le porche et Séverine, bien qu'elle n'eût aperçu que son dos, l'avait reconnu. Massif, le veston fatigué, et ces épaules, cette nuque vulgaires... Il allait chez les femmes dociles... Il ne pouvait aller ailleurs. Séverine eût engagé sa vie sur cette certitude. Une bourbeuse intuition lui faisait partager la hâte avec laquelle l'homme était entré, la gêne involontaire de ses bras et aussi la dure volupté qui le menait.

L'automobile était arrivée au bout de la courte rue. Il fallut que le chauffeur le dît à Séverine. Elle se fit conduire chez elle.

Elle avait maintenant un aliment à son obsession.

L'homme furtif de la rue Virène et l'homme qui l'avait manquée dans l'impasse se confondaient. Elle ne pouvait penser, sans qu'une enivrante souffrance ne ralentît la cadence de son cœur, à cette silhouette qui avait disparu dans la maison honteuse. Elle imaginait son front bas, ses mains charnues, velues, ses vêtements grossiers. Il montait l'escalier... sonnait. Des femmes venaient. Là s'arrêtait la pensée de Séverine, car ensuite ce n'était qu'un délire d'ombres, de chairs, de respirations difficiles.

Quelque temps ces images lui suffirent, puis, par leur fréquence et leur intensité, elles s'exténuèrent. Séverine eut besoin de revoir la maison. La première fois elle s'y fit mener, la seconde elle s'y rendit à pied. Elle avait si peur qu'elle n'osa point s'arrêter fût-ce un instant, pour lire la plaque posée près de la porte, mais elle frôla avec un trouble profond les vieux murs comme s'ils étaient imbibés de la luxure triste et violente qu'ils abritaient.

La troisième fois Séverine déchiffra rapidement les caractères discrets :

Madame Anaïs — entresol à gauche

Et la quatrième elle entra.

Séverine ne sut pas comment elle gravit l'escalier, ni comment elle se trouva, une porte s'étant ouverte, en face d'une agréable et grande femme blonde encore jeune. Le souffle lui manqua. Elle voulut fuir, n'osa point. Elle entendit :

— Vous désirez, mademoiselle ?

Et murmura :

— C'est vous qui êtes... qui vous occupez.

— Je suis Madame Anaïs.

— Alors, je voudrais...

Séverine jeta un regard de bête perdue sur l'antichambre où elle se trouvait :

— Venez causer tranquillement, dit Mme Anaïs.

Elle introduisit la jeune femme dans une pièce tapissée de papier sombre, avec un grand lit à couvre-pieds rouge.

— Eh bien, ma petite, reprit aussitôt Mme Anaïs avec bonne humeur, vous voudriez mettre un peu de beurre sur votre pain. Je suis toute prête à vous aider. Vous êtes gentille et fraîche. C'est le genre qui plaît ici. Moitié pour vous, moitié pour moi. J'ai des frais.

Séverine hochait la tête sans pouvoir répondre. Mme Anaïs l'embrassa.

— Un peu émue, je vois, dit-elle. La première fois, pas vrai? Vous verrez, ce n'est pas bien terrible. Il est trop tôt encore, vos camarades ne sont pas là. Sans quoi elles vous diraient. Quand commencez-vous?

— Je ne sais pas... je verrai.

Soudain Séverine s'écria avec force comme si elle craignait de ne pouvoir plus sortir :

— En tout cas à cinq heures il faut que je m'en aille... Il faut.

— Comme vous voudrez ma petite. Deux à cinq, c'est un bon moment. Vous serez la Belle de Jour quoi. Seulement il faut être exacte, sans quoi nous nous fâcherions. A cinq heures vous serez libre. Un petit ami qui vous attend, n'est-ce pas? Ou un petit mari...

V

« Ou un petit mari... Ou un petit mari... Ou un petit mari... »

Ces mots sur lesquels elle avait soudain quitté Mme Anaïs, Séverine les murmurait obstinément. Elle ne les comprenait pas, mais en était accablée.

Elle passa devant la colonnade du Louvre, regarda cette façade si noble dont la simplicité, une seconde, lui fit du bien, mais aussitôt elle détourna la tête; elle n'avait pas droit à ce spectacle.

Un enchevêtrement de tramways lui barra la route. L'un d'eux se dirigeait vers Saint-Cloud et Versailles. Séverine se souvint qu'un jour, étant sortie du musée avec Pierre, il lui avait dit aimer cette ligne qui joignait les belles demeures des rois. Pierre... Le Louvre de Pierre Lescot... Pierre, son petit mari... L'homme auquel convenaient si bien les paysages de palais et de parcs sans défaut, était-ce lui qui avait pour femme...

Tout se confondit dans la tête de Séverine : les sonneries des tramways, les perspectives augustes, Mme Anaïs, son propre personnage. Elle traversa la chaussée en aveugle, se trouva appuyée au parapet, face à la Seine. Là, elle respira mieux. Le fleuve roulait son limon de printemps. Séverine fut fascinée par sa puissante couleur douteuse et gagna la berge.

Le paysage et l'humanité qu'elle découvrit étaient si nouveaux pour elle que Séverine eut l'impression d'être ravie à jamais à son existence. Ces tas de sable, ces amas de charbon, de ferrailles, ces bateaux plats couverts de suie sur lesquels bougeaient en silence des hommes pesants, ces murailles tellement plus hautes, plus dures qu'elle ne l'aurait cru et cette eau surtout, fangeuse, riche, impénétrable... Séverine avança vers elle, se baissa, se baissa, y plongea la main.

Elle la retira vivement, ayant avec peine étouffé un cri. Le flot fascinant était glacé comme la mort. Séverine fut épouvantée du désir qu'elle reconnut seulement à cette minute et qui avait failli la confondre avec le butin boueux du fleuve. Mais qu'avait-elle donc commis pour avoir voulu s'ensevelir dans la densité liquide ? Mme Anaïs... sans doute elle était allée chez cette femme, elle l'avait écoutée. Mais Pierre lui-même, si elle lui racontait son atroce souffrance et quelle obsession implacable et sans joie l'avait traînée rue Virène, Pierre lui-même — elle le connaissait, elle l'aimait pour cela — aurait pitié d'elle. Pas de colère, pas de mépris, mais de la pitié, voilà ce qui était juste. Séverine se sentit déchirée de compassion pour lui-même.

Punit-on un accès de folie ? Et ce qu'elle avait fait, pouvait-on le désigner autrement ? Il fallait guérir le mal qui l'avait subitement atteinte, alors plus rien ne subsisterait de cette semaine horrible. Et la guérison, se disait-elle, était acquise puisqu'elle était presque morte de sa démarche insensée, puisque l'idée seule de retourner chez Mme Anaïs la raidissait d'effroi, puisque...

Les pensées, qui avec une vitesse désespérée se pressaient dans le cerveau de Séverine, furent brutalement remplacées par une impuissance absolue à réfléchir, par un vide total. Il lui sembla que toute sa substance aspirée par une bouche insatiable désertait son corps. Elle leva les yeux... Tout près, près à la toucher, se tenait un homme que, dans son fiévreux débat, elle n'avait pas entendu venir. Il avait le cou nu, puissant, de larges épaules tranquilles. Il travaillait sans doute comme chauffeur sur l'une des péniches accostées près du Pont-Neuf, car il portait sur sa cotte bleue et sur son visage des taches de suie, d'huile. Il sentait le tabac grossier, la graisse, la force.

L'homme fixait pesamment Séverine sans peut-être se rendre compte du désir qu'elle lui inspirait. Il allait descendre le fleuve vers Rouen, vers le Havre, il s'était arrêté devant une belle femme. Elle était trop bien habillée pour lui, il le savait, mais il avait envie d'elle et la regardait.

Souvent, dans des endroits publics, Séverine avait senti des yeux inconnus la convoiter; elle n'en avait éprouvé qu'ennui et gêne. Mais ce désir-là, massif, cynique et pur, elle ne l'avait jamais rencontré, si ce n'était chez l'homme qui l'avait poursuivie dans ses rêves et chez celui qu'elle avait vu franchir le seuil de la maison de Mme Anaïs. Et le même homme — car c'était le même — se tenait contre elle. Il avait simplement la main à étendre pour qu'elle subît le contact qu'elle avait désespérément appelé. Mais il n'oserait pas, il ne pouvait oser...

« Et si j'étais rue Virène, pour trente francs... » pensa Séverine avec une subite et terrible acuité.

Elle fouilla du regard tous les visages, tous les corps qui se trouvaient dans cet univers primitif, enclos entre le mur rigide et le fleuve épais. Le charretier qui tenait son limonier par les naseaux pour entraver sa descente et qui semblait porter sur son poing magnifique le cheval et les moellons qu'il traînait; le débardeur au front bas, aux reins immobiles; les manœuvres blancs lourds de boissons et de nourritures puissantes — tous ces hommes dont Séverine avait jusque-là ignoré l'existence, ces hommes d'une autre chair qu'elle — la prendraient chez Mme Anaïs pour trente francs.

Séverine n'eut pas le loisir de discerner la qualité du spasme qui serrait sa poitrine. Le chauffeur de péniche faisait un pas en arrière. La peur qui saisit la jeune femme fut insoutenable car elle ne s'appliquait pas à une impression réelle. Elle rejoignait le rêve. Cet homme allait s'évanouir, comme l'autre, celui de l'impasse. Séverine se sentit impuissante à affronter, une seconde fois, le regret de sa disparition. Elle ne le pouvait pas.

— Attendez, attendez, gémit-elle.

Puis, ses yeux brillants posés sur les yeux sans expression du chauffeur :

— A trois heures, rue Virène, 9 *bis*, chez Mme Anaïs.

Il hocha stupidement ses cheveux pleins de charbon.

« Il ne comprend pas, ou il ne veut plus », se dit Séverine avec cet effroi humain que, seuls, donnent les cauchemars. « Ou encore il n'a pas d'argent. »

Sans quitter l'homme du regard, elle fouilla dans son sac, tendit un billet de cent francs. Hébété, l'homme le prit, l'examina avec attention. Quand il releva la tête, Séverine gravissait rapidement la pente qui, de la berge, conduit au quai. L'homme haussa les épaules, plia le billet dans sa paume et courut vers une péniche. Il n'avait que trop perdu de temps. On embarquait à midi juste.

Cette même heure de midi que commençaient à carillonner les vieilles cloches du vieux Paris avait déterminé le départ de Séverine. Pierre achevait son service à l'Hôtel-Dieu. Il fallait le joindre avant qu'il quittât l'hôpital. Comme toutes les décisions que prenait depuis quelques jours Séverine, celle-ci était inattendue d'elle, mais armée d'un caractère de nécessité toute-puissante.

Un balancier soumis à une oscillation brutale exécute aussitôt un mouvement compensatoire. Il en était ainsi du cœur de Séverine : il s'élançait vers Pierre avec une ardeur d'autant plus fatale qu'il l'avait mieux et plus bassement oublié.

Qu'il la protégeât contre ce qu'elle avait entrepris, Séverine ne s'y attendait point. Elle était affreusement certaine que rien ni personne ne pouvait empêcher qu'elle se trouvât à l'heure fixée rue Virène. Elle ne cherchait pas d'excuse dans le hasard qui avait placé devant elle l'homme de la berge. Maintenant qu'elle l'avait prise, elle sentait que tout lui eût été prétexte à la même décision et que cet homme elle l'eût trouvé à chaque carrefour d'une ville qu'elle avait cru connaître et qui lui apparaissait tout à coup supportée par un peuple noueux, animal, exigeant, auquel elle devait appartenir. Mais avant que ne s'accomplît un sacrifice dont elle ne savait pas s'il était fait d'horreur ou de félicité, elle courait vers Pierre pour qu'il la vît une dernière fois telle qu'il la chérissait, car bientôt l'instant serait révolu qui allait la consumer.

— Le docteur Sérizy est encore là ? demanda Séverine avec angoisse au concierge de l'hôpital.

— Il ne tardera pas à sortir. Tenez, le voilà qui va s'habiller.

Pierre traversait la cour, entouré étroitement par des étudiants. Ils étaient tous vêtus de blouses blanches. Séverine contempla la jeune figure de son mari vers lequel se tournaient des figures plus jeunes encore. Elle était très peu sensible aux émotions intellectuelles, mais de ce groupe se dégageait une telle ardeur de connaître, tant de santé morale et tout cela convergeait si visiblement vers Pierre, que Séverine n'osa l'appeler.

— Je l'attendrai ici, dit-elle à voix basse.

Mais, averti sans doute par l'instinct de son amour, Pierre tourna la tête du côté de sa femme et, bien qu'elle fût dans l'ombre du porche, la reconnut. Elle le vit adresser quelques paroles aux jeunes hommes qui le suivaient et venir à elle. Tandis qu'il s'approchait, Séverine regardait avidement ces traits précieux entre tous, comme si elle ne devait plus les revoir. Pierre lui présentait un visage inconnu, encore marqué par les heures passées dans un domaine qui n'appartenait qu'à lui, à ses maîtres, à ses élèves. Les traces d'un labeur aimé, d'une bonté patiente, une expression de chef et de bon ouvrier à la fois que l'on surprend parmi ses hommes et à son établi, voilà ce que découvrait Séverine en même temps que cette blouse blanche, si blanche qu'elle faisait invinciblement penser au rouge sacré du sang.

— Ne m'en veux pas de venir te déranger, dit Séverine avec un sourire amoureux et coupable, mais comme nous ne déjeunons pas ensemble et comme je faisais des courses dans le quartier... tu comprends...

— T'en vouloir, s'écria Pierre, ému par une impatience et une timidité auxquelles il était peu habitué, t'en vouloir, ma chérie, alors que tu me donnes une joie... Je suis si fier de te montrer à mes camarades. Tu n'as pas remarqué comme ils t'ont regardée?

Séverine se pencha légèrement vers le sol pour cacher la pâleur qui lui glaçait les joues. Pierre poursuivit :

— Attends-moi une seconde. Nous avons une demi-heure avant ce déjeuner. Ah! si je n'étais pas invité par mon patron, comme je resterais avec toi.

Le temps était doux. Séverine, attirée par le lieu le plus innocent, entraîna Pierre vers le petit jardin qui verdoie au flanc de Notre-Dame. Le printemps y était plus humble qu'ailleurs dans la ville. Les quartiers malsains qui cernent l'Hôtel de Ville avaient flétri les visages des enfants qui jouaient là. De temps en temps, un rayon, s'échappant des nuages d'avril, ricochait sur une gargouille ou se noyait dans la matière mystérieuse d'un vitrail. De vieux ouvriers conversaient sur des bancs. On apercevait l'île Saint-Louis, un quai tranquille de la rive gauche.

Séverine, appuyée sur son mari, fit plusieurs fois le tour du jardin. Pierre parlait des vies en veilleuse qui s'abritaient encore sous la cathédrale, mais Séverine n'écoutait que le son de sa voix qu'il assourdissait sans le vouloir. Quelque chose se brisait lentement, funestement, en elle. Quand Pierre dut partir, elle ne l'accompagna pas jusqu'à la grille.

— Je veux rester encore un peu, dit-elle. Va, mon chéri.

Elle l'embrassa avec une véhémence convulsive et répéta sourdement :

— Va, mon chéri, va.

Puis Séverine gagna avec difficulté un banc où, entre deux femmes qui tricotaient, elle se mit à pleurer sans bruit.

Elle ne songea pas à manger, ni à quitter sa place. Elle se recueillit, elle écouta ce qui, en elle, était inaccessible à tous. Deux heures passèrent ainsi. Sans consulter de montre, Séverine se rendit du jardin de Notre-Dame à la rue Virène.

Mᵐᵉ Anaïs se montra heureuse de la voir.

— Je ne comptais plus sur vous, ma petite, dit-elle. On s'est quitté si brusquement ce matin, je croyais que vous aviez pris peur. Il n'y a vraiment pas de quoi, vous verrez.

Ayant ri d'un rire affectueux et sain, elle mena Séverine dans une pièce de dimensions réduites qui donnait sur une cour obscure.

— Mettez vos affaires là, commanda gaiement Mme Anaïs, en ouvrant un placard où Séverine aperçut deux manteaux et deux chapeaux.

Elle obéit sans une parole parce que ses mâchoires étaient comme soudées l'une à l'autre. Cependant elle pensait fébrilement : « Il faut que je l'avertisse... Cet homme qui va venir pour moi... lui seul. » Mais il lui fut impossible de proférer un son, et elle continua d'écouter Mme Anaïs de qui l'entrain sincère la berçait et la terrifiait à la fois.

— Vous voyez, ma petite, c'est ici que je me tiens quand on n'a pas besoin de moi. Il ne fait pas très clair, mais près de la fenêtre j'y vois assez à ma table à ouvrage. Vos camarades m'aident si elles sont sans occupation. Mathilde et Charlotte sont très gentilles toutes deux. D'abord moi, je ne supporte que du monde bien élevé et de bonne humeur. Il faut qu'on travaille en s'amusant et sans histoires. C'est pourquoi j'ai renvoyé Huguette, la troisième, voilà cinq jours. Une belle fille pourtant, mais qui causait trop mal. Vous, vous avez un genre vraiment distingué, ma petite, ma petite... mais comment vous appelez-vous ?

— Je ne... je ne veux pas le dire...

— Grosse bête, personne ne vous demande votre acte de naissance. Choisissez votre prénom vous-même. Qu'il soit gentil, coquet... Qu'il plaise, quoi. Ça viendra tout seul. Vos camarades et moi nous en trouverons un qui ira comme un gant.

Mme Anaïs prêta l'oreille. On riait de l'autre côté du couloir.

— Mathilde et Charlotte, dit-elle, vont avoir fini avec M. Adolphe, un de nos meilleurs clients. C'est un voyageur de commerce qui gagne gros... et drôle. Presque tous ceux qui viennent ici sont des gens bien. Vous vous plairez chez moi, pour sûr. En attendant nous allons prendre quelque chose pour votre arrivée. Que préférez-vous ? J'ai toutes les liqueurs dans ma cave. Regardez.

D'un placard qui faisait face à celui où Séverine avait déposé son chapeau, Mme Anaïs tira plusieurs bouteilles. Séverine au hasard en indiqua une, avala sa boisson sans même en percevoir le goût, tandis que Mme Anaïs respirait longuement de l'anisette. Quand elle l'eut bue, elle reprit :

— Pour l'instant on va vous nommer Belle de Jour. Ça vous conviendra-t-il ? Oui ? Vous êtes de bonne composition. Encore un peu timide, mais c'est naturel. Pourvu que vous partiez à cinq heures, pas vrai, tout va bien... Vous l'aimez ? (Séverine eut un mouvement de recul.) Oh, je n'insiste pas, je ne force pas les confidences. Vous m'en ferez bientôt toute seule. Je ne suis pas une patronne, mais une camarade, une vraie. Je comprends la vie... Bien sûr, j'aime mieux ma place que la vôtre, mais ça, ce n'est ni vous ni moi qui avons fait la société. Embrassez-moi ma petite Belle de Jour.

Il n'y avait qu'une véritable amitié dans la voix de Mme Anaïs, pourtant Séverine se dégagea brusquement. Les sourcils froncés, tout le visage tendu et blême, elle tourna la tête vers la chambre d'où, quelques instants auparavant étaient venus des rires. Il y régnait un silence, traversé de bruits étouffés. Il sembla à Séverine que ces bruits réglaient la marche de son cœur. Elle dirigea vers Mme Anaïs des yeux si fixes, si pleins de détresse animale que, pour une seconde, celle-ci eut peut-être l'obscur sentiment du drame charnel auquel elle présidait chaque jour. De la gêne parut sur sa bouche bienveillante. Ses yeux allèrent aussi vers la chambre qu'elle vendait avec bonne foi puis revinrent à ceux de Séverine. Elles échangèrent un de ces regards fraternels que l'on regrette toujours parce qu'ils livrent une vérité trop profonde et dont la vie ne veut pas.

Ce regard était une craintive plainte sexuelle.

— Allons, allons, dit Mme Anaïs en secouant ses ondulations blondes, vous me détournez le tempérament. Je vous le disais tout à l'heure, ce n'est ni vous ni moi qui avons fait la société.

Un appel un peu enroué, mais plein de gaieté lui parvint.

— Patronne, patronne, on a besoin de vous.

— C'est sûrement Charlotte qui a soif, dit Mme Anaïs.

Elle sortit en souriant avec sécurité. A peine fut-elle seule que Séverine se dressa d'une pièce. Fuir... elle allait fuir... Elle ne pouvait demeurer un instant de plus... Elle ne parvenait pas à lier sa présence en cet endroit à quelque chose qui fût réel, possible. Elle avait oublié le chauffeur de péniche, elle avait oublié Pierre, et Mme Anaïs elle-même. Elle ne savait plus par quel enchaînement de faits elle se trouvait là, et ce mystère l'emplissait d'un besoin éperdu de liberté. Pourtant elle ne bougea pas.

Une voix d'homme se faisait entendre qui disait avec reproche :

— Une nouvelle et vous ne l'avez pas encore amenée. Ce n'est pas bien.

Mme Anaïs parut, prit Séverine par le bras, l'entraîna.

— Voilà Belle de Jour cria une jeune femme très brune.

La chambre où se trouvait Séverine était celle que lui avait montrée, le matin même, Mme Anaïs. Si elle ne la reconnut point, elle ne trouva rien non plus qui ressemblât à la caverne dévorante et lascive qu'une minute auparavant elle imaginait encore. Le lit parcimonieusement fripé, un gilet accroché à une chaise, des souliers alignés côte à côte, tout témoignait d'une licence bourgeoise. Et l'homme qui riait béatement dans un fauteuil en caressant comme par devoir les seins de la grande fille brune, Séverine ne s'attendait pas à le trouver dans ce lieu, enveloppé jusque-là pour elle de perversité quasi mystique. Il était en bras de chemise. De fortes bretelles suivaient la courbe de son ventre égrillard. Le cou gras et faible portait une tête un peu chauve où la bonhomie le disputait à la suffisance.

— Salut, ma jolie, dit-il en agitant des pieds trop petits, couverts de chaussettes voyantes, tu vas prendre un verre de champagne avec nous et cette vieille amie Anaïs aussi. Évidemment, après le petit déjeuner que je me suis envoyé une bonne fine serait plus assortie, mais Mathilde (il montrait une femme assez chétive qui assise sur le lit achevait de passer sa robe) veut du champagne. Elle a bien travaillé et moi je ne suis pas dur.

M. Adolphe suivit du regard Mme Anaïs qui allait chercher le vin. Son corps puissant et bien construit le fit soupirer.

— Tu en as toujours envie? demanda Charlotte que continuait à caresser le voyageur de commerce.

— Ah, je te jure, vous avez eu beau me fatiguer, pour elle, je me défatiguerais.

Mathilde observa doucement :

— N'y pense pas, ce n'est pas bien. Mme Anaïs est trop convenable. Occupe-toi plutôt de la nouvelle. Elle n'ose pas s'asseoir.

— Belle de Jour, ma chérie, dit Mme Anaïs qui était revenue avec une bouteille et des verres, aidez-moi à faire le service.

— C'est vrai qu'elle a l'air jeune fille, remarqua Charlotte, mais le genre anglais plutôt avec son tailleur, pas vrai?

Elle s'approcha de Séverine et lui dit à l'oreille avec beaucoup de gentillesse :

— Il faut mettre des robes qui s'enlèvent comme une chemise voyons. Tu vas perdre un temps fou avec ça.

Le voyageur de commerce avait entendu la dernière phrase.

— Non, non, s'écria-t-il, la petite a raison. Son tailleur lui va rudement. Montre-toi d'un peu plus près.

Il attira Séverine et lui murmura dans le cou :

— Ce doit être bon de te déshabiller.

Mme Anaïs, inquiète de l'expression que prit soudain la figure de Séverine, intervint.

— Le champagne va être chaud, mes enfants. A la bonne santé de Monsieur Adolphe.

— C'est mon opinion et je la partage, dit celui-ci.

Séverine hésita lorsque le breuvage tiède et trop sucré eut touché ses lèvres. Comme s'il se fût agi d'une autre, elle vit une jeune femme aux épaules nues, qui était elle, assise près d'un homme beau et tendre, qui était Pierre et cette jeune femme choisissait le vin le plus sec, ne le trouvait jamais assez froid. Mais Séverine se sentait condamnée à faire ce qu'on attendait d'elle et acheva sa coupe. La bouteille fut vidée, puis une autre. Charlotte vint appuyer longuement ses lèvres sur celles de Mathilde. Mme Anaïs riait un peu trop souvent de son rire honnête. Les plaisanteries de M. Adolphe visaient à une obscénité spirituelle. Seule, Séverine se taisait, lucide. Soudain, une main appuyant fortement sur ses reins, la fit asseoir sur des cuisses grasses. Elle vit, tout contre les siens, des yeux humides, tandis que la voix de M. Adolphe chuchotait, amollie.

— Belle de Jour, c'est ton tour. On va être heureux ensemble.

De nouveau le visage de Séverine fut tel qu'il ne convenait pas dans la maison de la rue Virène, de nouveau Mme Anaïs prévint une colère qui ne pouvait pas être celle de Belle de Jour. Elle prit à l'écart M. Adolphe et lui dit :

— Je vais emmener une seconde Belle de Jour, mais ne la brusque pas trop, elle est toute neuve.

— Chez toi?

— Ni chez moi, ni ailleurs. Elle n'a jamais fait de maison.

— Une étrenne, alors ? Merci, Anaïs.

Séverine se retrouva dans la pièce aux armoires et à la table à ouvrage.

— Eh bien, mon petit, vous êtes contente je pense, demanda Mme Anaïs. A peine entrée déjà choisie. Et puis un homme généreux, bien élevé. Ne vous tourmentez pas, M. Adolphe n'est pas exigeant. Laissez-vous faire, il n'en demande pas plus. Le cabinet de toilette est à gauche, mais entrez habillée comme vous êtes. Il vous a remarquée pour votre tailleur. Et souriez un peu. Il faut toujours faire croire qu'on en a autant envie qu'eux.

Séverine ne semblait pas avoir entendu. La tête rentrée dans les épaules, elle respirait difficilement. Ce bruit irrégulier était sa seule manifestation vitale. Mme Anaïs la poussa vers la porte avec une douce fermeté.

— Non, dit tout à coup Séverine, non, c'est inutile, je n'irai pas.

— Hé, mais, où vous croyez-vous donc, ma petite?

Pour réduite que fût la sensibilité de Séverine la jeune femme tressaillit tout entière. Jamais elle n'eût cru que la voix aimable de Mme Anaïs pût prendre une expression si inflexible, ni que son visage clair pût devenir soudain impérieux jusqu'à la cruauté. Mais ce n'était pas de peur ou de révolte qu'avait frémi le corps de Séverine, c'était d'un sentiment qu'elle découvrait et qui la traversait de part en part délicieusement, misérablement. Elle avait vécu avec un orgueil si tranquille que personne n'y avait jamais osé toucher. Et voici qu'une tenancière la rappelait à l'ordre ainsi qu'une servante fautive. Une trouble lueur de reconnaissance parut dans les yeux hautains de Séverine, et, pour épuiser jusqu'à sa lie puissante le philtre de l'humiliation, elle obéit.

Ce court espace de temps n'était pas resté inemployé par M. Adolphe. Il avait plié son pantalon et artistement disposé ses bretelles sur un guéridon. Comme il achevait cette tâche Belle de Jour entra. Voyant le voyageur de commerce en longs caleçons de couleur, elle eut un recul si net que M. Adolphe se plaça entre elle et la porte.

— Tu es vraiment une sauvage, mignonne, dit-il avec satisfaction. Mais tu vois, je sais vivre, j'ai fait partir les autres. On est plus intimes tous les deux.

Il vint contre Séverine, ce qui fit voir à celle-ci qu'elle était plus haute que lui, la prit par le menton et demanda :

— Alors, dis, c'est vrai, la première fois avec un autre qu'avec un amoureux ? Besoin de sous ? Non ? Tu es bien vêtue, mais ça ne prouve rien. Alors... peut-être... un peu de vice...

Le dégoût de Séverine était tel qu'elle se détourna pour ne point céder à la tentation d'abattre sa main sur cette face trop blanche.

— Tu as honte, dis, tu as honte, chuchota M. Adolphe, mais tu auras du plaisir, tu vas voir.

Il voulut enlever la jaquette de Séverine, mais elle lui échappa d'un brusque mouvement.

— Ce n'est pas du chiqué, s'écria M. Adolphe. Tu m'excites, tu m'excites, chérie.

Il allait la saisir à pleins bras, lorsqu'un coup dans la poitrine le fit trébucher. Il resta une seconde hébété mais soudain le désir contrarié de l'homme qui paie opéra dans ses yeux fades, sur ses traits débonnaires la même transformation qui, chez Mme Anaïs, avait fait plier Séverine. Il prit les poignets de la jeune femme et avançant vers elle un visage décoloré par la fureur, articula :

— Tu n'es pas folle, hein. J'aime bien rire un peu, mais pas trop avec les traînées de ton espèce.

Et la même volupté affreuse que celle qu'elle avait connue quelques minutes auparavant, mais plus intense encore, enleva toute force à Séverine.

Elle s'enfuit ayant à peine pris le temps de mettre ses vêtements en ordre, sans entendre les récriminations de Mme Anaïs. La joie qu'elle avait eue par son abaissement s'était évanouie dès que l'avait touchée celui qui la lui avait donnée. Il l'avait prise morte.

Maintenant, par des quais humides de crépuscule, par des avenues éclatantes qu'elle ne reconnaissait point, par des places immenses comme sa détresse et grouillantes de chenilles aussi nombreuses que celles qui lui taraudaient le cerveau, Séverine fuyait la rue Virène, M. Adolphe, ce qu'elle avait fait, et surtout ce qu'elle avait à faire. Elle n'y voulait point penser tellement lui paraissait inadmissible l'idée qu'elle allait rentrer chez elle, retrouver tout en place. Elle marchait de plus en plus vite, sans s'occuper de la direction qu'elle prenait comme si le nombre de pas faits par elle suffisait à lui seul à mettre un espace chaque minute plus difficile à franchir entre elle et son appartement. Elle alla ainsi, tantôt à travers des foules denses, tantôt par des ruelles vides, bête traquée qui essayait d'échapper par sa course à la blessure. La fatigue l'arrêta enfin. Profitant de l'ombre, elle s'appuya contre un mur. Aussitôt des images accablantes envahirent son esprit. Elle voulut les éviter encore, se remit en marche. Cette fois, elle fut très vite vaincue par son épuisement. Alors elle se livra au souvenir de la journée qu'elle avait vécue. Bien qu'elle n'en ressentît qu'un mortel effroi, Séverine y persista aussi longtemps qu'elle le put, car, du moins, ce souvenir la protégeait contre une décision à prendre. Mais peu à peu il n'eut plus le pouvoir d'occuper sa pensée entière. Par taches hallucinantes lui apparurent l'entrée de sa maison, le regard du concierge, le sourire de sa femme de chambre, les glaces, toutes les glaces, chacune d'elles reflétant tour à tour le visage qu'avait pressé les lèvres enflammées de M. Adolphe. Mieux valait courir sur-le-champ chez Mme Anaïs et s'y enfermer pour la vie, nuit et jour.

— Belle de Jour... Belle de Jour, dit Séverine.

Ce nom lui permettait-il un retour?

Soudain elle se précipita vers une voiture dont les feux clignotaient lentement et cria son adresse au chauffeur en ajoutant :

— Vite, vite. Il y va de mon salut.

Elle venait enfin de mettre à jour sa véritable angoisse. Malgré tout ce qu'elle avait tenté pour la repousser, l'image de Pierre était apparue dans le champ de sa conscience et Séverine avait su que rien ne comptait, dégradation ni épouvante, si ce n'était qu'il lui fallait rentrer avant Pierre et faire en sorte qu'il ne souffrît point.

— Plus de six heures, murmura-t-elle, en tremblant, lorsqu'elle pénétra dans sa chambre. Je n'ai qu'une demi-heure.

Elle se déshabilla furieusement, lava tout son corps à plusieurs reprises, se frotta la figure jusqu'à la douleur. Elle aurait voulu changer de peau.

Pour ses vêtements et son linge elle résista difficilement à la tentation d'allumer un feu et de les brûler comme après un crime.

Pierre la trouva en peignoir. Comme il l'embrassait, Séverine pensa, glacée d'effroi.

— Mes cheveux, je les ai oubliés.

Elle était tellement sûre qu'ils dégageaient un

parfum entre tous reconnaissable : celui de la rue Virène, qu'elle fut surprise d'entendre Pierre lui dire de sa voix habituelle :

— Tu es presque prête, chérie. Je vais me dépêcher aussi.

Séverine se souvint que des amis devaient les prendre très tôt pour dîner et aller au théâtre. Un instant elle en fut contente, mais elle ne put accepter l'idée de revenir avec Pierre et cette délicate tendresse de minuit qui les liait plus étroitement lorsqu'ils se retrouvaient seuls.

— Je ne me sens pas très bien, mon chéri, dit-elle en hésitant. Je crois que j'ai pris un peu froid ce matin dans le square. J'aimerais mieux ne pas sortir, mais toi, il faut que tu y ailles... J'y tiens, mon chéri. Les Vernois sont trop gentils avec nous. Et la pièce t'intéresse, tu me l'as dit, j'aurais de la peine à t'en priver.

La nuit fut longue et cruelle pour Séverine. Malgré sa fatigue infinie, de corps et d'âme, elle ne put dormir. Elle redoutait le retour de Pierre. Il n'avait rien remarqué encore, mais il était impossible que, lorsqu'il viendrait dans sa chambre (il le faisait toujours), le miracle durât. Il était impossible que sur elle, en elle, autour d'elle ne subsistât pas une trace de cette journée monstrueuse. Plus d'une fois, Séverine sauta brusquement de son lit pour voir dans une glace s'il ne s'était pas formé sur ses traits une ride spéciale, un stigmate. Les heures passaient dans cette persécution maniaque.

Enfin Séverine entendit sa porte s'ouvrir. Elle simula le sommeil, mais son visage était si contracté que, si Pierre s'était approché d'elle, la feinte eût été vaine. Il eut peur de l'éveiller, se retira sans bruit. Le premier sentiment de Séverine fut une morne surprise. Était-il donc si facile de cacher à qui la connaissait le mieux un tel bouleversement? Elle ne s'arrêta point à cette idée qui, tout en la rassurant, lui faisait mal. Ce ne devait être qu'un répit accordé par l'ombre. Elle serait châtiée dès que viendrait le jour. Pierre, en la regardant, saurait.

— Et alors, alors... gémissait-elle, redressée contre ses oreillers ainsi qu'une malade qui étouffe.

Incapable d'imaginer ce qui suivrait cette découverte, incapable de discerner si elle souffrirait plus du mal qu'elle sentirait ou de celui qu'elle ferait, Séverine fermait les yeux, comme si l'obscurité de sa chambre n'était pas à la mesure de son désespoir.

Ces alternatives d'effroi et d'abandon firent qu'elle n'eut ni honte ni regret. Elle attendit simplement le matin et sa justice. Il vint sans rien apporter. Bien qu'elle fût certaine qu'une ruse aussi grossière ne pouvait la sauver deux fois, Séverine fit encore semblant de dormir et Pierre de nouveau s'y laissa prendre.

A mesure que le temps passait et avec le secours de la lumière un faible espoir se levait en Séverine. Elle ne croyait pas encore à la possibilité d'une évasion, mais elle avait déjà le désir de lutter pour elle. Toute la matinée elle téléphona sans répit, invitant, se faisant inviter à déjeuner, à dîner, prenant des rendez-vous pour toutes les heures du jour, occupant une partie de ses nuits. Quand elle lut la liste qu'elle avait ainsi établie elle respira. Pendant plus d'une semaine elle ne pourrait passer un instant seule avec Pierre.

Lui, fut surpris sans doute de la frénésie de plaisir que montra Séverine, mais elle avait pour s'excuser un tel regard de mendiante que, sans savoir à quoi attribuer l'intensité de cette prière, il était bouleversé et désarmé par elle. Ils ne rentraient qu'au moment où Séverine, à bout de forces, s'endormait presque sur une banquette de restaurant de nuit. Aussitôt chez elle, elle cédait à un lourd sommeil qui, le matin, lui permettait d'éviter Pierre. La journée était dévorée par les mille devoirs qu'elle s'était imposés. Le soir répétait les fatigues de la veille.

Ainsi peu à peu Séverine usa ses craintes et même ses souvenirs. Ce tourbillon éloignait indéfiniment, réduisait en une poudre à peine réelle le jour où elle s'était rendue rue Virène. Bientôt elle n'aurait plus besoin de bouclier entre elle et Pierre.

Ce fut alors que se produisit chez Séverine le phénomène auquel échappent rarement ceux que gouverne un trop décisif instinct. Comme le joueur accablé quelque temps par une perte dangereuse se met, la première meurtrissure passée, à rêver de la table verte, des visages, des cartes, des paroles rituelles d'une partie, comme l'aventurier, un instant fatigué de l'aventure, se sent rongé soudain par les images de la solitude, du combat et de l'espace, comme l'opiomane, en apparence désintoxiqué croit sentir autour de lui avec une douce terreur la fumée de la drogue, ainsi Séverine fut insensiblement cernée par ses souvenirs de la rue Virène. Pareille à tous ses frères, à toutes ses sœurs en désirs interdits, ce ne fut point la satisfaction de ce désir qui la tenta, mais les prémices dont cette satisfaction s'entoure.

La figure de Mme Anaïs, les beaux seins de Charlotte, l'humilité équivoque du lieu, son odeur qu'elle avait cru porter un soir dans ses cheveux, tout cela s'acharna sur la mémoire charnelle de Séverine. Elle en frémit d'abord de répulsion, puis l'accepta, puis s'y complut. La présence de Pierre et l'amour déchirant qu'elle avait pour lui la défendirent quelques jours. Mais la fatalité intérieure inscrite en Séverine, vrai sceau de son destin, devait s'accomplir.

VI

Mᵐᵉ Anaïs qui venait de reconduire un habitué réfléchissait à la justesse de ses observations. Il fallait trouver une compagne à Charlotte et à Mathilde. Pour agréables qu'elles fussent, la maison manquait de variété. Et quel gaspillage qu'une chambre vide. Pourtant Mᵐᵉ Anaïs hésitait à chercher une remplaçante à Belle de Jour. Celle-ci lui convenait singulièrement par son éducation, sa réserve. Et peut-être Mᵐᵉ Anaïs ne parvenait-elle pas à oublier ce regard qui, un instant, les avait mêlées.

Charlotte et Mathilde reposaient nues dans un lit. Les cheveux de Mathilde étaient plus clairs que l'épaule sur laquelle ils s'appuyaient et Charlotte les lissait tendrement.

— Je vous dérange, mes enfants, dit Mᵐᵉ Anaïs, mais j'ai à vous causer des affaires. Vous ne voyez personne pour travailler ici?

Mathilde répondit la première de sa façon craintive, comme si elle souffrait d'une faute ignorée d'elle, mais que les autres devaient apercevoir.

— Vous savez bien, Madame, je ne connais personne. Chez vous et chez moi, c'est toute ma vie.

— Et vous Charlotte? Parmi vos anciennes amies?

— Ce n'est guère commode. Quand j'ai quitté de chez ma patronne je leur ai dit que je partais pour être entretenue. Alors, c'est naturel, si j'en rencontre, je ne me dédis pas.

Mᵐᵉ Anaïs soupira pour montrer qu'elle avait honte de sa faiblesse et demanda :

— Belle de Jour... elle ne reviendra pas... C'est bien votre avis?

— Oh, barca! dit Charlotte en s'étirant avec sensualité.

Mᵐᵉ Anaïs fit un pas discret vers la porte, mais Mathilde la retint. C'était un être passif et nuageux, épris des conversations qui donnent du champ à la rêverie.

— J'ai bien senti qu'on ne la reverrait plus, dit-elle. Je pense que cette femme n'est pas de notre milieu, elle a un secret.

— Un secret! Un secret! s'écria Charlotte. Tu vois du cinéma partout. Elle avait quelqu'un, il l'a lâchée, elle en a retrouvé un autre et voilà tout.

— Ça ne correspond pas à ce que tu dis. Elle avait demandé de partir à cinq heures, elle avait donc quelqu'un dans sa vie à ce moment-là. Elle a un secret, cette femme-là.

Mᵐᵉ Anaïs écoutait ces propos attentivement. La question était traitée chaque jour et en termes presque identiques avec la patience inusable des créatures à demi cloîtrées, mais Mᵐᵉ Anaïs espérait qu'une phrase nouvelle jetée au hasard lui apporterait une indication valable. Elle dit lentement :

— Sans avoir d'idée au juste, je pense que vous n'avez raison ni l'une ni l'autre... Parce que... Belle de Jour reviendra. Charlotte a beau rire, mais quand on attend on a toujours tort jusqu'à la dernière minute.

Ce sentiment devait triompher quelques instants plus tard : la première personne sur qui la porte s'ouvrit fut Séverine.

— Ah, c'est vous, dit Mme Anaïs, sur le ton le plus uni, mais le plus glacé, et pourquoi donc ?

Les gouttes de sueur qui tremblaient aux tempes de Séverine témoignaient de l'effort qu'elle avait dû fournir pour satisfaire l'abominable et dissolvante exigence qui l'avait persécutée. Cet effort était tel qu'après avoir sonné elle ne désirait plus rien. Mais l'accueil de Mme Anaïs dissipa son indifférence. Allait-on lui interdire cet appartement dont elle avait rêvé ainsi que d'un ignoble paradis ? Où irait-elle nourrir cette faim qu'elle avait crue éteinte et qui s'était révélée plus insatiable encore par le goût qu'elle avait pris d'un aliment corrompu ?

— Je voulais... je voulais... balbutia Séverine, voir si je pouvais...

— Retrouver votre place ? Et disparaître ensuite pour le temps qu'il vous plaira, sans une nouvelle ? Non, ma petite, je ne veux pas de travail d'amateur. Il y a la rue pour cela.

Que n'eût point fait l'orgueilleuse Séverine pour retrouver l'affable visage de Mme Anaïs. Tout son corps suppliait, mendiait de n'être pas renvoyé à la recherche d'un autre asile impur. Elle connaissait celui-là, elle y avait déjà laissé son empreinte comme dans une fange moelleuse.

— Je vous en prie... je vous en prie... murmura-t-elle.

Mme Anaïs la poussa dans la chambre du repos et des confidences et dit :

— Vous pouvez croire que vous avez de la chance d'avoir affaire à moi. Une autre vous eût jeté la porte au nez, mais vous m'êtes sympathique, je suis une manière de marraine pour vous et vous en profitez.

Elle contempla Séverine avec une affection non jouée.

— Voyons, ma petite Belle de Jour, demanda-t-elle, est-ce que vous n'avez pas été bien traitée? Est-ce que vous ne vous sentiez pas chez vous ici?

Séverine, encore incapable de répondre, hocha la tête avec un sourire peureux. Il était vrai qu'elle retrouvait la table à ouvrage comme un meuble familier.

— Je peux? dit-elle en ébauchant le geste d'enlever son chapeau.

Sans attendre la permission de Mme Anaïs, elle le posa dans le placard. Alors seulement sa figure prit une expression de paix.

— Il va sans dire, déclara nettement Mme Anaïs, que si vous revenez, c'est pour être sérieuse.

Un suprême mouvement de défense agita Séverine.

— Oui, oui, mais seulement tous les deux jours, pria-t-elle humblement... Je vous assure, je ne peux pas...

— Je veux bien, dit Mme Anaïs après quelques secondes d'un silence attentif. D'ici peu, c'est vous qui me demanderez de venir chaque après-midi.

Puis, d'une voix si joyeuse que Séverine en frémit, elle appela :

— Charlotte, Mathilde, voilà Belle de Jour.

Les deux amies accoururent incrédules et nues. Tandis qu'elles montraient leur étonnement, Séverine sentit trembler ses genoux. Ces corps dévoilés, ces peaux rapprochées et d'une couleur impudiquement différente la pénétraient d'une trop agréable faiblesse. Elle demanda doucement, comme à regret :

— Vous n'allez pas prendre froid?

— On a l'habitude, répondit Charlotte. Sans

compter que l'appartement est encore chauffé. Pour ça, Mme Anaïs n'est pas regardante.

Un sourire ambigu laissa voir ses dents très blanches et elle ajouta :

— Essaye, tu verras. On est si bien, pas vrai, Mathilde ?

Déjà, elle déshabillait Séverine, qui ne résista point. Quand tous ses vêtements eurent été enlevés par des mains adroites et chaudes, elle fut remplie d'un trouble qui lui brouilla la vue.

Le silence qui s'établit la rendit à elle-même. Quelle que fût l'habitude professionnelle des femmes qui entouraient Séverine, elles étaient émues étrangement et comme gênées. Ce corps étroit, sain et dur, avait quelque chose de trop virginal, de trop racé.

Mme Anaïs se reprit la première. Elle avait au moins autant l'orgueil de sa maison que le souci de ses intérêts et ces deux sentiments étaient comblés.

— On ne peut pas être mieux faite, dit-elle respectueusement.

Charlotte embrassait d'un baiser actif les épaules de Séverine lorsque la sonnette vibra. Séverine pâlit, mais le visiteur était un familier de Charlotte.

— Puisque vous voulez rester à l'aise, dit Mme Anaïs, Mathilde va vous montrer votre chambre. Moi, j'ai à travailler. Si l'on sonne, revenez mettre votre robe. Il faut être convenable.

La pièce destinée à Belle de Jour était plus petite que celle où elle avait connu M. Adolphe, mais pour le reste, tout était semblable : le même papier sombre sur les murs, le même ton rouge, presque noir, aux rideaux, sur le fauteuil, sur le couvre-pieds et, derrière un paravent, les mêmes ustensiles de toilette.

— Il faut déjà de la lumière, murmura Séverine.

Elle n'en fit point, alla vers la fenêtre. La rue Virène était vieille, étroite, mais on y voyait passer des hommes, des femmes libres. Mathilde, qui l'avait suivie, regarda aussi les passants et demanda avec timidité :

— Vous avez gros cœur d'être ici, Madame Belle de Jour ?

Séverine se retourna, saisie. Elle avait oublié la présence de sa compagne et, sans qu'elle sût pourquoi, cette voix indécise, cette ombre un peu plus claire que l'ombre de la chambre et si immobile qu'elle n'était plus nue, lui donnèrent une tristesse infinie.

— Oh! je ne vous demande pas la raison, dit vivement Mathilde, qui s'était méprise au mouvement de Séverine. Chacun a ses secrets, n'est-ce pas ? Je ne parle pas pour moi, parce que moi, voyez-vous, puisque Lucien lui-même — c'est mon mari — il sait. Ce n'est pas ma faute, pas la sienne non plus. Il est malade, il lui faut la campagne. Alors, pas vrai ?

Elle attendit en vain une réponse qui lui permît de continuer et murmura :

— Je vous ennuie avec mes histoires, je vous demande pardon. Elles n'ont pas tort, Mme Anaïs et Charlotte de dire que je suis un peu fêlée. J'ai besoin de raconter... A vous, c'est encore naturel, mais aux clients...

« Elle cherche quelqu'un qui lui explique », pensa distraitement Séverine, « pourquoi elle appartient à tous lorsqu'elle aime un seul. » Cela ne l'intéressait point. Il était facile de faire entrer cette misérable existence dans les lois d'un monde mal ajusté. Mais elle, elle-même, qui lui donnerait la clef de sa présence en ce lieu, elle qui était riche, qui avait Pierre ?

— Et Charlotte ? demanda brusquement Séverine.

— Oh! elle a de la chance. Elle était mannequin, elle a trouvé plus de rapport ici. Et puis, elle prend du plaisir presque avec chacun et aussi avec moi. Je n'aime pas ça pourtant, mais je ne suis pas née pour discuter. Alors autant faire ce qu'elle veut.

Elle se tut quelque temps, puis dit en hésitant :

— Je vous plains, vous savez, Madame Belle de Jour. J'ai bien vu l'autre fois...

— Une obscurité qui n'était pas celle de l'heure régnait sur la chambre, où toutes les taches rouges semblaient des taches de nuit. Ainsi Mathilde ne put voir la colère furieuse qui avait envahi le visage de Séverine; mais une voix chargée de haine la fit tressaillir :

— Allez-vous-en, disait-elle, tout de suite... Vous n'avez pas le droit.

Une contraction de toute sa volonté empêcha Séverine d'éclater en sanglots. Brusquement, elle serra Mathilde contre elle et dit impérieusement :

— Ne fais pas attention... Je suis un peu folle. Et puisque nous avons le temps, montre-moi comment tu fais avec Charlotte.

« Pourquoi? Pourquoi? » répétait Séverine entre ses dents serrées, serrées au point que les cahots du taxi qui la ramenait chez elle n'arrivaient pas à les disjoindre. Pourquoi cette prostitution sans aucune joie? Elle se rappelait avec dégoût le contact passif de Mathilde, les larmes de cette malheureuse, son respect dont elle ne voulait point et qui la rendait presque démente. Livrée ensuite à un homme âgé, elle n'avait même pas eu le frisson de l'abaissement qui lui avait fait accepter les caresses de M. Adolphe. Une minute, elle avait été effleurée par un plaisir auquel elle ne cherchait pas à donner de nom : la minute où Mme Anaïs avait partagé avec elle le prix dérisoire de son corps. Mais était-ce suffisant au regard du péril qu'elle allait affronter : les yeux de Pierre.

Cette fois, Séverine n'avait pas essayé de s'y soustraire par une fuite insensée. Sa première expérience dirigeait ses mouvements. Mais sa terreur n'était pas moindre. A mesure qu'elle approchait de sa maison, elle lui appartenait davantage. Pourtant Séverine préférait encore cette angoisse à celle de sonder son absurde, monstrueuse, insoluble perversité : elle fût devenue folle à prolonger cette enquête sans issue. Maintenant, elle avait à défendre son seul bien et elle croyait savoir comment.

Sa purification extérieure achevée, Séverine s'habilla. Elle avait peu l'habitude de dissimuler et son caractère s'y prêtait mal, mais l'instinct de la conservation lui inspirait de ne pas employer des procédés dont elle avait déjà usé. Aussi ne demanda-t-elle point à Pierre de sortir et eut la force d'être naturelle jusqu'au dîner. Mais, quoi qu'elle fît, elle ne put manger. Pierre l'interrogea de cette voix aimante qui était pour Séverine un réactif trop violent. Elle répondit mal. Elle était encore trop novice dans la faute pour savoir jouer un rôle, elle était déjà trop consciente pour se laisser porter, ainsi qu'elle l'avait fait deux semaines auparavant, par une intuition animale. Dans tous ses gestes se montraient l'embarras, dans toutes ses paroles l'empressement des coupables.

Une vague angoisse tirait le visage de Pierre. Il n'avait pas d'inquiétude véritable, mais tous ses sens exerçaient cette sorte de guet qui n'est pas loin du soupçon. Séverine le perçut, s'affola. Par bonheur le repas finissait.

— Tu vas travailler? demanda-t-elle.

— Oui, tu viens, répondit Pierre nerveusement.
Séverine avait oublié que, d'habitude, quand
Pierre avait à écrire un article, elle s'installait dans
son bureau avec un livre. C'était elle qui l'avait
voulu ainsi depuis le matin où elle avait résolu d'être
attentive au bonheur de son mari.

Le souvenir de cette aube pleine de promesses si
belles et si pures accabla Séverine, mais elle n'osa
point se dérober. Dès qu'elle fut assise dans le fauteuil où elle avait accoutumé de se tenir, elle comprit
que le moins adroit des prétextes pour rester seule
eût mieux valu que cette fausse intimité. La pièce
vigilante, la noble vie des livres, les lumières sobres,
les traits plus graves de Pierre — comment supporter
leur confrontation avec les images rapprochées de la
rue Virène et qui venaient l'assaillir? La gêne où se
débattait Séverine était si cruelle qu'elle ne remarqua pas les regards dont, de temps en temps, l'effleurait son mari. Elle l'entendit tout à coup se lever.
Alors elle ramena précipitamment les yeux sur le
livre qu'elle tenait et pâlit. Les pages étaient à l'envers. Elle n'avait plus le temps de les retourner. Pierre
ne dit pas s'il s'en était aperçu, mais prévint les
explications que Séverine se préparait à balbutier.

— Tu as envie de rêver seule, dit-il. Tu seras
mieux couchée.

Jamais Séverine ne lui avait connu tant d'autorité. Elle se leva avec une obéissance craintive.

Pierre attendit quelques instants — il avait besoin
d'assurer sa voix — et demanda :

— Cela t'empêche-t-il de m'embrasser pour la
nuit?

Ces mots anéantirent Séverine. Certes, elle eût
aimé qu'une raison quelconque empêchât Pierre de
venir, comme il le faisait toujours, voir si elle dormait,
mais il y renonçait spontanément. C'était donc qu'il

pressentait la vérité, qu'il la connaissait peut-être, que...

Elle s'abattit sur son lit, mordit l'oreiller pour ne point laisser éclater le hurlement qui était sur ses lèvres. Puis une prière ardente et vaste comme son désespoir, l'emplit toute : qu'elle échappât cette fois encore, cette fois seulement, et tout serait fini de ces expériences ignobles, de ces expériences démentes.

Cet élan fut si vif et si entier qu'il l'apaisa.

Elle commença de se dévêtir. A mesure qu'elle approchait de la nudité, les lignes de deux corps flottèrent confusément dans sa mémoire. Le plaisir qu'elle en eut fut d'abord limpide. Il se troubla aussitôt que Séverine eut reconnu les formes impudiques de Mathilde et Charlotte. Elle ne s'y abandonna qu'un instant, mais cet abandon suffit pour que Séverine acquît le sentiment que la promesse par laquelle elle avait tenté de fléchir le sort était vaine. Elle ne voulut point le reconnaître et, pour éviter un débat qui menaçait sa raison, qui risquait de lui faire implorer le secours de Pierre au prix d'un aveu complet, elle prit le soporifique dont elle avait usé pendant sa maladie.

Le sommeil qu'il lui donna fut brutal, mais d'assez courte durée. Elle se réveilla avec le jour. La tête lui faisait mal. Les mouvements de son esprit étaient pareils à des feuilles molles déplacées par le vent. Comme elle commençait à sortir de sa pesante atonie, Pierre entra dans la chambre. Cette apparition au moment où elle revenait à la mémoire de sa situation dilata les yeux de Séverine de la stupeur des condamnés. Si Pierre avait hésité à parler, ce regard le décida :

— Séverine, cela ne peut continuer ainsi entre nous, dit-il. Je ne veux pas que tu aies peur de moi.

Elle continuait à le fixer sans battre des paupières. Il poursuivit plus vite.

— Tu es trop franche pour ce jeu. Qu'as-tu donc, ma chérie? Tu peux tout me dire. Rien ne pourra me faire souffrir autant que ton attitude. C'est m'épargner que de t'ouvrir à moi... Tu ne veux rien me confier, même si je t'aide... Écoute... peut-être — tu vois je te parle aussi tendrement que toujours et pourtant j'ai passé la nuit à envisager cela — peut-être tu aimes quelqu'un. Tu ne m'as pas trompé, j'en suis sûr. Quel mot stupide pour nous, d'ailleurs, mais tu es entraînée vers un autre, tu souffres et...

Un éclat de rire strident et d'un son étrange arrêta Pierre. Il fut suivi de protestations éperdues.

— Un autre!... Tu as pu... Je t'aime, je ne pourrai jamais aimer que toi... mon chéri, ma force... Je suis à toi... Est-ce que je ne peux pas être nerveuse... Je mourrais pour ton bonheur...

Le regard de Séverine avait perdu son égarement. Humide et brillant, il resplendissait d'une si humble adoration que Pierre ne put douter de son erreur. Et tout lui parut merveilleusement clair. Séverine avait raison. On n'approchait pas de la mort comme elle l'avait fait sans que l'organisme entier ne fût ébranlé. Il était stupide, il était heureux.

— Je devrais toujours penser à la figure que tu avais en m'attendant sous le porche de l'Hôtel-Dieu, fit-il.

Séverine l'interrompit avec fièvre.

— J'y serai tous les jours, tu verras... et même... attends... je m'habille en une minute, je t'accompagne.

Il ne parvint pas à la faire revenir sur cette décision, ni sur celle de venir le chercher à la sortie de l'hôpital. Elle l'accompagna également à la clinique où il opérait chaque après-midi. Ayant achevé son travail il la trouva dans le salon d'attente.

Séverine eût voulu se faire la servante de Pierre,

pourtant elle ne put se résoudre à l'accueillir dans son lit quand, ému par tant de chaleur, il montra le désir qu'il avait d'elle.

Mais la faim charnelle qui, un instant et avec beauté, avait durci le visage de Pierre, Séverine la transporta malgré elle, au cours de son insomnie, sur des faces plus viles qui bougeaient au milieu d'un décor suspect fait de papier sombre et de taches rouges qui devenaient des taches de nuit. Elle n'avait pas envie de les revoir le jour même, mais elle savait que bientôt ce serait un dévorant besoin. Si elle manquait à ses engagements, la porte de Mme Anaïs ne s'ouvrirait plus pour elle. La peur de se voir refuser l'aliment de sa triste luxure l'y précipita dès qu'elle eut quitté Pierre sur le seuil de la clinique où ce jour-là encore elle l'avait accompagné.

Dès lors commença la véritable intoxication de Séverine, où l'habitude tenait plus de place que le plaisir. Elle n'était plus jetée vers la rue Virène par un mouvement impétueux, incontrôlable, elle s'y laissait porter avec une mollesse qui chaque fois mettait en jeu moins de réflexes chez elle. Dans cette période, elle ne connut pas la joie qu'elle avait espérée tout d'abord, mais elle prit de l'agrément à retrouver l'appartement trop chauffé, sa chambre équivoque. Elle écouta sans déplaisir, comme une berceuse veule, les interminables propos de Mme Anaïs, de ses compagnes. Elle s'y mêla. Pour assouvir la curiosité qui l'entourait elle inventa un passé conforme à la fois aux versions de Mathilde et de Charlotte. Elle avait eu un amant qui l'avait séduite lorsqu'elle était jeune fille Elle l'avait adoré, il l'avait quittée. Un autre l'entretenait maintenant, beaucoup moins bien, mais qu'elle ménageait. De là sa prudence et le peu de temps dont elle disposait pour Mme Anaïs.

De ce temps Belle de Jour dut ne pas se montrer

avare. La maison vivait surtout d'habitués fidèles. Ils se jetèrent sur la nouveauté. Séverine subit cette préférence sans trouble ni plaisir. Souvent elle regretta ses premières terreurs d'animal indocile, mais M. Adolphe lui-même qui venait parfois la posséder ne put les faire renaître. Elle s'étonna même que ce falot personnage eût tant compté pour elle.

Cependant elle dut étudier les artifices du métier qu'elle faisait, même les plus secrets. Cet apprentissage, par les révoltes qu'il lui donna, par le sentiment qu'elle eut de devenir une machine impure, la fit frémir encore d'humiliation perverse. Mais le dérèglement charnel a des bornes vite atteintes lorsqu'une passion mutuelle ne les déplace pas à l'infini. Séverine s'en aperçut et redevint insensible. Sa pudeur s'était usée, son effroi également. Elle pouvait appartenir à un homme sous le regard de plusieurs autres, Charlotte ou Mathilde ou toutes les deux pouvaient se mêler à des exercices dont elle ne comprenait pas la saveur, rien n'importait plus à Séverine. Seul, persistait en elle un tiède tressaillement lorsque Mme Anaïs l'appelait pour être choisie et qu'elle avançait soumise. Ce qu'elle savourait alors, c'était son obéissance.

Parfois, quand Séverine se souvenait de l'orgueil qu'elle avait si longtemps, si fortement porté, il lui semblait qu'il y avait en elle une place vide. Or cette absence faisait le tourment de Pierre. Il ne parvenait pas à retrouver la simplicité absolue, la merveilleuse aisance à vivre qu'il avait eues auprès de Séverine. L'ivresse de reconnaître vaine une crainte qui avait failli dévaster son existence l'avait quelque temps protégé contre sa propre perspicacité. Mais bientôt il dut s'étonner de l'humilité persistante, anormale de Séverine. Un déséquilibre nerveux pouvait expliquer ses sautes d'humeur, mais cette tendresse peureuse et plaintive, cette hâte à le servir, ce manque total de vie personnelle, comment les admettre sans effroi chez une jeune femme qui, un mois auparavant, lui était chère par sa volonté et par une fierté si naturelle qu'elle paraissait lui appartenir aussi essentiellement que son cœur?

L'inquiétude de Pierre ne pouvait appréhender aucune hypothèse valable. Il ne pouvait plus douter de l'amour de Séverine, il n'en avait jamais été aussi certain, mais ce qui accentuait son malaise c'était qu'une pareille certitude ne lui donnât point de joie. Par instants, et d'une manière à peine consciente il songeait à ce jour où, pour la première fois, il avait trouvé Séverine dans l'égarement, lorsqu'elle lui avait parlé de l'aventure d'Henriette... des maisons de rendez-vous. Aussitôt il abandonnait cette piste. Séverine n'était pas de celles sur qui des images sensuelles, et surtout de cette qualité, pouvaient avoir prise.

Ainsi souffrait Pierre et, chaque matin, il espérait revoir sur les traits de Séverine une autorité dont son bonheur avait besoin et, chaque matin, il trouvait un être soumis de qui toute la préoccupation était de prévenir ses désirs. Séverine se rendait compte que son amour prenait une forme servile qui allait à l'encontre de ce qu'elle cherchait, mais elle n'y pouvait rien. Elle considérait Pierre du bas-fond où elle était tombée et il lui paraissait d'une élévation qui l'accablait. En même temps il lui devenait plus cher encore. La propreté, la jeunesse (elle se sentait terriblement vieillie) qu'elle avait eues, Séverine les adorait respectueusement en lui. Et plus elle l'aimait, plus elle souffrait de le voir rongé par un tourment qui venait d'elle.

L'oubli de cette situation sans issue, Séverine ne le trouvait que rue Virène. Dès qu'elle avait franchi le seuil de Mme Anaïs, l'image de Pierre s'évanouissait. C'était la marque efficace de son amour pour lui. Et ce fut cet amour qui, par la souffrance intolérable qu'il lui infligeait, poussa Séverine chez Mme Anaïs non plus trois fois par semaine, mais chaque jour.

La prostitution quotidienne ne lui apportait que lassitude et détresse. Elle en sortait pour retrouver l'angoisse de son mari. Brisée par des chocs si constants, Séverine se demanda plus d'une fois, en longeant le quai qui lui était devenu familier, si le froid de la Seine la retiendrait longtemps encore d'achever le geste qu'elle avait une fois ébauché. Peut-être des mariniers eussent-ils fini par retirer son cadavre si, enfin, elle n'avait recueilli la récompense d'un martyre jusque-là gratuit.

Elle lui fut apportée un soir que Séverine une fois de plus souillée et déçue, se préparait à prendre congé de Mme Anaïs. Un coup de sonnette arrêta le geste qu'elle faisait vers le placard aux chapeaux. A la façon dont Mme Anaïs les appela, ses pensionnaires virent que leur tâche allait être déplaisante. Elles ne se trompaient pas. L'homme qui les attendait était ivre. Vêtu d'une blouse comme en portent les travailleurs des Halles, il regardait tantôt ses souliers boueux, tantôt la chambre qui visiblement lui plaisait. Ses mains très fortes reposaient sur ses genoux.

— Celle-là, dit-il, avec un mouvement de la tête vers Belle de Jour, et un coup de rhum.

Tandis qu'il buvait, Séverine se déshabilla. Il suivit ses mouvements sans un mot. Ce fut sans un mot qu'il la posséda. Son corps pesait lourd. Tout en lui était plus épais que chez le commun des hommes, tout, jusqu'à la matière des yeux. Et Séverine, reconnaissant tout à coup cette grossière fureur, cette luxure bestiale, gémit elle ne savait de quel gémissement. Ce n'était plus un désir policé, minutieux, qui s'assouvissait sur elle, c'était celui de la trinité dont la poursuite l'avait jetée dans ce lit. L'homme de l'impasse, l'homme au cou obscène, l'homme de la berge s'assouvissaient sur elle dans la personne de celui qui l'écrasait de sa masse, l'écartelait de ses membres noueux. Séverine fut parcourue d'une onde qu'elle ne connaissait point. De la surprise et de la peur parurent sur son visage. Elle grinça légèrement des dents, puis, soudain, elle prit une telle expression de repos, de félicité et de jeunesse que tout autre que l'homme dont elle était la proie en eût été bouleversé.

Il posa un billet dix fois recollé sur la table de nuit et s'en alla.

Séverine resta longtemps étendue. Elle savait qu'un devoir pressant l'appelait dehors, mais ne s'en souciait pas. Il lui semblait que désormais elle n'aurait plus peur de rien. Elle venait d'acquérir un bien sur lequel nul n'avait droit de regard. Elle était enfin arrivée au terme de son effroyable course et cette arrivée était un départ. Sa joie spirituelle dépassait même la joie physique qui l'avait ébranlée d'un flux à nul autre pareil. Quelque chose justifiait tous les mouvements qui, depuis sa convalescence, avaient eu pour Séverine un aspect de folie répugnante par leur inutilité. Elle avait conquis ce qu'elle avait cherché en aveugle et cette conquête achevée au prix d'un tel enfer l'étourdissait d'un étrange mais vaste orgueil.

Quand Charlotte lui demanda avec sympathie :

94

— Tu n'as pas été trop malheureuse avec cette brute?

Séverine ne répondit point, mais se mit à rire chaudement. Les femmes de la maison Anaïs se regardèrent, surprises. Elles venaient de remarquer que, jusqu'alors, Belle de Jour n'avait jamais ri.

Pierre aussi devait, le même soir, être étonné par Séverine.

— Nous dînons à la campagne, va vite chercher l'auto, lui dit-elle d'une voix joyeuse qui n'admettait pas de contradiction.

Séverine n'essaya pas de reconnaître les éléments qui avaient déterminé sa révélation sensuelle. Elle ne voulait altérer par aucun examen l'intégrité de sa découverte. Elle ne se demanda même pas comment se renouvellerait la foudre merveilleuse qui l'avait frappée. Maintenant qu'elle avait appris que ses flancs la recélaient, Séverine était sûre qu'elle ne pouvait plus s'arrêter d'en jaillir. Mais aucun de ceux qui choisirent Belle de Jour au cours des journées suivantes ne parvint à la ranimer tandis que Séverine impatiente, enfiévrée, poursuivait en vain cette joie qui, captive une fois, la fuyait de nouveau. Elle devina alors que son plaisir exigeait un climat singulier, mais elle fut impuissante à l'établir. Bientôt un mouvement profond de sa sensibilité vint l'éclairer sur elle-même.

Au début d'un après-midi on vit paraître chez Mme Anaïs un grand jeune homme avec un paquet sous le bras.

— Je ne m'en sépare pas, dit-il sur-le-champ, je l'aime trop.

Il avait une voix charmante qui articulait toutes les syllabes avec amusement comme s'il avait vu se former pour la première fois tous les mots qu'elles construisaient et eût été surpris de leur reconnaître un seul sens alors qu'ils auraient bien pu en présenter cent autres.

Ainsi qu'à la plupart des femmes, l'ironie déplaisait à Mme Anaïs. Pourtant celle-là ne lui fut point suspecte, car une infinie gentillesse s'y mêlait. De plus, le jeune homme était fin, large d'épaules, habillé avec goût et portait avec facilité un visage marqué d'esprit, de tendresse et d'enfance.

— Je fais venir les dames n'est-ce pas? demanda Mme Anaïs.

— Je l'espère pour mon besoin de logique. Dites-leur que je m'appelle André. J'y tiens, parce que je prévois qu'elles me tutoieront et que la familiarité devient intimité si elle n'est pas anonyme. Vous ajouterez qu'elles n'ont pas le droit d'êtres laides, ni même passables, car je n'ai pas choisi votre maison, Madame. Je suis chez vous pour avoir posé, en fermant les yeux, mon doigt sur une colonne d'annonces engageantes. C'est donc le hasard qui m'envoie. Il ne se trompe jamais et si...

Mme Anaïs l'interrompit en riant.

— Vous seriez moins gentil que j'aurais un peu peur de vous, dit-elle.

Mathilde et Charlotte devaient se souvenir longtemps de l'heure qu'elles passèrent. Une exquise folie soutenait tous les propos d'André. Elles ne les comprenaient guère, mais sentaient qu'ils étaient faits pour des esprits d'une condition supérieure. Et que ce jeune homme au lieu d'user d'elles comme de machines à plaisir leur prodiguât ce qui, elles le devinaien. était le meilleur de lui, les touchait confusémen., mais puissamment.

Seule Séverine était insensible à ces discours dont pourtant elle était aussi la seule à pénétrer la fantaisie et le tour parfait. Mathilde elle-même fut choquée de cette froideur et lui dit à l'oreille :

— Soyez donc un peu douce avec ce garçon. Il n'en vient pas souvent comme lui.

André crut que Mathilde n'osait exprimer un désir.

— Vous ne me demandez rien, mes petites amies, dit-il. J'en suis tout heureux, non par avarice mais par fatuité. Même si j'étais riche je n'aimerais pas à en faire métier. Cependant j'ai aujourd'hui un peu d'argent et je tiens à le boire en votre société sous la forme du vin le plus cher.

Mme Anaïs regarda les autres femmes. La même hésitation attendrie était dans leurs yeux.

— Merci, dit André avec plus de reconnaissance qu'il n'en laissait paraître. Mais préférez-vous que je porte mes sous ailleurs ? Ou refuserez-vous d'arroser mon premier livre ?

— Tu écris des livres ! s'écria Charlotte incrédule, car souvent elle s'était demandé comment étaient faits les gens dont elle voyait les noms aux étalages des kiosques.

André déficela le paquet qu'il avait posé sur la cheminée. Il contenait cinq volumes portant le même titre.

— C'est pourtant vrai, dit Charlotte. André Millot c'est toi ?

André sourit avec un orgueil si naïf qu'il semblait joué.

— Je ne connaissais pas, reprit ingénument Charlotte. Il faut que tu m'en donnes un.

— C'est que... ce sont des originales.

— Et alors, mon chéri ?

André n'eut pas le courage d'ajouter qu'il se proposait de les vendre. L'accent tendre et vrai des mots à l'ordinaire si morts sur des lèvres tarifées l'avait ému. Il tendit un livre à Charlotte. Ce faisant il rencontra le timide regard de Mathilde. Il ne sut lui résister. Après quoi il éprouva le scrupule de paraître dédaigner Mme Anaïs et Séverine.

Il considéra en hochant la tête l'unique exemplaire qui lui restait, le mit dans sa poche et fit des dédicaces affectueuses aux quatre femmes.

Le champagne fut servi. Jamais on n'en avait bu avec autant de gaieté ni d'innocence chez Mme Anaïs.

Mais la sonnette retentit. Une gêne, une tristesse étranges firent baisser la tête à Charlotte, à Mathilde.

— Il faut que j'ouvre, dit comme en s'excusant Mme Anaïs.

André, surpris du silence qui s'était établi — car il ne pouvait comprendre le cruel bienfait qu'il avait apporté avec lui à ces âmes en veilleuse — regarda tour à tour Mathilde, Charlotte et Séverine. Les yeux de la dernière, plus brillants, exprimaient la joie d'une délivrance.

— Vous resterez avec moi en tout cas, dit André.

Alors Belle de Jour sentit que rien au monde ne lui ferait accepter d'être tenue dans les bras de cet homme jeune, charmant et net. Elle murmura si bas qu'il fut seul à l'entendre.

— Excusez-moi, je vous prie.

Une vibration parcourut le visage mobile d'André. Par la suite il pensa souvent à cette prière dont la discrétion n'était pas celle d'une femme à sobriquet. Mais à l'instant où il l'entendit, il s'inclina imperceptiblement et se tourna vers Charlotte. Elle l'embrassa avec passion.

— Vous n'avez pas de chance, ma pauvre petite, dit Mme Anaïs à Séverine. J'aurais pourtant parié qu'il vous garderait. Enfin... Maintenant dépêchez-vous, Monsieur Léon vous attend et il n'a qu'un quart d'heure.

Belle de Jour connaissait M. Léon, négociant pressé, qui tenait une petite tannerie tout près de la rue Virène. Elle avait déjà eu ses faveurs et en gardait un morne souvenir. Mais, cette fois, cet homme court et imprégné de l'odeur du cuir cru jusque dans son haleine, son avidité à profiter d'elle dans ce délai si court, firent trembler Séverine de l'angoisse et de la chaleur luxurieuses qu'elle avait désespéré de retrouver.

Après quelques moments de torpeur, elle gagna la chambre où se tenait d'ordinaire Mme Anaïs. Celle-ci ne s'y trouvait point et Séverine l'entendit rire dans la pièce où parlait la voix raffinée d'André. Séverine s'assit près de la table à ouvrage et, le menton serré entre ses mains encore moites de plaisir, écouta sourdre les confidences de son corps.

Quand elle reprit conscience de ce qui l'entourait, son visage était grave et ferme. Elle savait maintenant.

Elle savait qu'elle avait repoussé André parce qu'il était de la même classe — physique et spirituelle — que les hommes qui l'avaient approchée dans son existence normale, de la même classe que Pierre. Avec André, elle eût trompé le mari qu'elle chérissait sans mesure. Elle n'était pas venue chercher rue Virène de la tendresse, de la confiance, de la douceur (de cela Pierre la comblait), mais ce qu'il ne pouvait pas lui donner : cette joie bestiale, admirable.

L'élégance, l'éducation, le souci de lui plaire, allaient à l'encontre de quelque chose en elle qui exigeait d'être rompu, soumis, dompté sans appel, pour que sa chair s'épanouît.

Séverine ne fut pas désespérée de reconnaître ce divorce fatal entre elle et celui qui était sa vie même.

Au contraire, un soulagement infini la berça. Après des semaines de torture et presque de démence, elle se comprenait et le double affreux qui l'avait régie dans l'épouvante et les ténèbres se résorbait en elle. Forte et sereine, elle retrouvait son unité. Puisque le destin ne permettait pas qu'elle reçût de Pierre le don que des inconnus grossiers lui apportaient, qu'y pouvait-elle ? Fallait-il renoncer à une joie qui chez d'autres femmes se confondait avec leur amour ? Si elle avait été servie de cette chance, eût-elle parcouru cet effroyable chemin ? Qui donc pourrait lui reprocher des actes que, seules, avaient exigés d'elle des cellules dont elle n'était pas comptable ? Elle avait le droit que chaque animal possède de connaître le spasme sacré qui, au printemps, fait tressaillir la terre d'un humide tremblement.

Cette révélation transforma Séverine ou, plutôt, annulant les derniers effets de ses tâtonnements misérables, lui rendit son ancienne figure. Elle retrouva son assurance, l'élan tranquille qui l'avait toujours portée. Elle se sentait même plus sereine qu'avant, ayant découvert et comblé la fosse pleine de monstres et de sourdes lueurs sur laquelle sa vie avait si longtemps, si dangereusement reposé.

Séverine eût-elle conçu quelque trouble à l'idée du chemin où elle s'engageait délibérément que les yeux de Pierre, ces yeux jusque-là tant redoutés, eussent été les premiers à la convaincre qu'elle avait raison. Ils assistaient avec une joie touchante à la résurrection de Séverine et ils eurent tout le loisir de s'en rassasier, car la jeune femme sut la graduer prudemment. Ce fut par degrés insensibles qu'elle abandonna son humilité, sa craintive vigilance. Chaque jour elle faisait un pas en arrière, mais un pas seulement. Chaque jour elle imposait à Pierre une volonté nouvelle, mais pas plus d'une. Elle voyait bien qu'il brûlait de lui obéir, mais elle sentait que si elle changeait brutalement son attitude, elle risquait d'éveiller un soupçon, une angoisse. Et cela elle ne le voulait point, comme elle ne voulait pas renoncer à se livrer chez Mme Anaïs. Elle cherchait l'équilibre entre ces deux pôles essentiels, l'équilibre de sa plénitude.

Elle l'atteignit avec une patience forte et paisible. Était-ce même de la dissimulation ? Elle s'imposait si naturellement à Séverine que celle-ci ne la reconnaissait point pour telle. Jamais elle ne s'était sentie plus entièrement, ni plus purement à Pierre que lorsqu'elle revenait de la rue Virène exorcisée. Les deux heures qu'elle y passait chaque jour formaient une durée isolée des autres, étanche et se nourrissant d'elle-même. Pendant qu'elle s'écoulait, Séverine oubliait véritablement qui elle était. Le secret de son corps vivait seul alors comme ces fleurs singulières qui s'ouvrent pour quelques instants et reviennent ensuite à leur repos virginal.

Bientôt Séverine ne remarqua même plus que sa vie était double. Il lui sembla que son existence, bien avant qu'elle fût née, avait été déterminée ainsi.

Le sceau définitif de cette accoutumance fut qu'elle redevint physiquement la femme de Pierre. Elle n'avait plus conscience de lui apporter un corps indigne, car elle sentait que dans le trajet de la rue Virène à sa maison elle renouvelait jusqu'à la matière de sa chair. Dans ces embrassements elle se montrait plus maternelle encore qu'auparavant, car elle craignait, sans se l'avouer, qu'un mouvement trop passionné ou trop faible ne révélât la science illicite de Belle de Jour.

VII

Marcel, dans les premiers instants où Séverine le vit, elle le remarqua à peine. Il vint avec Hippolyte et, tout naturellement, ce fut ce dernier qui, d'abord, attira l'attention de la jeune femme. Avant même qu'elle se trouvât en sa présence, une atmosphère de malaise l'avait puissamment intriguée à son sujet.

— Soyez bien douces avec Hippolyte, recommanda Mme Anaïs sans regarder personne en face.

— Vous pouvez être tranquille, répondit nerveusement Charlotte. Je croyais pourtant qu'on était débarrassées de lui.

Mme Anaïs haussa les épaules, soupira :

— C'est un homme à lubies. Peut-être on ne le reverra jamais; peut-être il ne quittera pas d'ici une semaine de suite. Enfin, soyez gentilles, vous ne le regretterez pas.

Dans le couloir Séverine demanda :

— Qui est-ce?

— On ne sait pas, murmura Mathilde.

— Riche?

— Penses-tu! s'écria Charlotte. Il ne paie jamais.

— Alors?

— Mme Anaïs règle pour lui. Nous pensions qu'il

était son amant, mais non. J'ai idée qu'il l'a eue dans le temps, que, depuis, il la tient. C'est heureux qu'il ne vienne pas souvent. Deux fois en dix-huit mois c'est tout. Sans quoi je ne tiendrais pas ici.

— Moi non plus, dit Mathilde.

Elles étaient arrivées devant la porte de la grande chambre et hésitaient. Séverine demanda encore :

— Il est passionné, brutal ?

— On ne peut pas dire, pas vrai Mathilde ? Plutôt tranquille, même pas méchant. Mais il donne le trac, ça ne s'explique pas.

Il ne fallut que quelques secondes à Séverine pour partager le sentiment de ses compagnes. Hippolyte était une sorte de bloc barbare, plus vaste et plus haut que les autres hommes. Sans doute il n'y avait rien de particulièrement cruel sur son visage qu'une graisse puissante élargissait au-delà des mesures communes. Mais était-ce le contraste entre son immobilité majestueuse, presque mortelle, et la farouche vie animale qui colorait d'un sang sombre ses lèvres, coinçait ses mâchoires pareilles à un piège à fauves, faisait de ses poings des massues de chair et d'os ? Était-ce sa façon de rouler, de coller sa cigarette ? Ou encore le minuscule anneau d'or qu'il portait à l'oreille droite ? Pas plus que Charlotte, Séverine n'aurait su le dire, mais la peur se glissa lentement dans ses veines. Fascinée, elle ne pouvait détacher son regard de cet homme bronzé qui avait les proportions et la couleur d'une idole.

Bien que ses yeux fussent fixés sur un point connu de lui seul et bien en dehors de la chambre, Hippolyte observa la gêne et l'effroi des trois femmes. Il ne daigna pas en faire la remarque et dit avec une paresse où se marquait le plus pesant dédain :

— Ça va, les enfants ?

Puis il se tut. On voyait qu'il n'aimait guère parler et que le silence — eau morte insoutenable pour la plupart des êtres — ne le troublait point. Mais Charlotte eut besoin de le rompre.

— Et vous, Monsieur Hippolyte? demanda-t-elle avec une gaieté fausse. Il y a des mois qu'on ne vous a vu.

Il ne répondit point, tira profondément sur sa cigarette.

— Mettez-vous à l'aise, il fait chaud, proposa Mathilde qui, elle aussi, supportait mal ce mutisme.

Hippolyte lui fit un signe bref et elle vint l'aider à retirer son veston. Sous la chemise qui était d'une belle soie, parurent les muscles des bras, des épaules, de la poitrine. On eût dit des morceaux de fonte, organisés pour un labeur mystérieux.

— Je vous ai amené quelqu'un, déclara Hippolyte. C'est mon ami.

Le ton sur lequel il avait prononcé le dernier mot différait singulièrement de sa nonchalance superbe. Grave et sonore, il semblait être pour Hippolyte le seul qui comptât dans le vocabulaire humain.

Séverine tourna la tête vers le jeune homme qui se tenait un peu en retrait derrière Hippolyte et comme dans son ombre. Elle s'aperçut alors que des yeux très enfoncés, très brillants, étaient fixés sur elle, mais son attention fut de nouveau magnétisée par le colosse qui disait :

— On n'a pas beaucoup de temps. Je paierai à boire un autre jour. Viens ici, la nouvelle.

Séverine fit un mouvement vers lui, mais fut arrêtée par une voix chaude et traînante.

— Laisse-la-moi, dit le jeune homme.

Charlotte et Mathilde eurent un mouvement d'inquiétude, tellement il leur semblait interdit de vouloir détourner de son cours un désir d'Hippolyte. Il sourit, avec une douceur massive, posa sa terrible main sur l'épaule de son compagnon, qui paraissait fragile mais qui supporta la charge avec aisance et dit :

— Amuse-toi, petit, c'est de ton âge.

Hippolyte attirait physiquement Séverine; elle fut d'autant plus déçue qu'elle ne gagnait même pas à cet échange cynique un apaisement à son malaise, car le mince jeune homme lui en inspirait peut-être davantage encore.

— Il faut que tu me plaises bien pour que je t'aie demandée à mon ami, dit celui-ci, après qu'elle l'eut conduit dans sa chambre

A l'ordinaire, une telle phrase suffisait à neutraliser les sens de Séverine qui voulaient le silence, la hâte et la brutalité. Elle fut étonnée que ce désir patient la troublât. Elle examina mieux celui à qui l'avait cédée l'impassible Hippolyte. Ses cheveux luisant d'une pommade lourde, sa cravate chère mais trop vive, ses vêtements excessivement ajustés, le gros diamant enfin qu'il portait à l'annulaire — tout était suspect ainsi que la peau dure et serrée du visage, que les yeux à la fois inquiets et inflexibles. Séverine se rappela que sous la main d'Hippolyte les épaules étroites n'avaient pas fléchi. Une émotion subtile s'empara d'elle.

— Tu me plais, je te dis, répéta le jeune homme sans desserrer les dents.

Séverine s'aperçut qu'il n'avait pas l'intention de lui faire un compliment mais qu'il lui accordait une sorte de cadeau dont il était irrité de ne pas la voir reconnaissante. Elle avança vers lui une bouche entrouverte. Il y mêla la sienne avec une ardeur calculée. Puis il porta Séverine sur le lit. Comme elle se sentit légère entre ces bras peu musclés! Mais tout, chez l'ami d'Hippolyte n'était qu'apparente faiblesse.

Les doigts de ses mains belles et fines avaient la dureté des stylets. Ses jambes délicates firent gémir de douleur Séverine quand il la serra entre elles, mais déjà un plaisir plus violent que ses pires délices la bouleversait.

Le jeune homme alluma une cigarette qu'il avait tirée d'un étui précieux et demanda :

— Comment t'appelles-tu?

— Belle de Jour.

— Et après?

— C'est tout.

Il plissa les lèvres avec indifférence et ironie.

— Si tu me crois de la police, dit-il.

— Et toi, ton nom? demanda Séverine, éprouvant pour la première fois un plaisir sensuel à tutoyer.

— Je ne me cache pas. Je m'appelle Marcel et aussi l'Ange.

Séverine eut un léger frisson, tellement ce sobriquet équivoque convenait à la cynique pureté du visage enfoui près du sien dans l'oreiller.

— Et encore, poursuivit Marcel en hésitant... et encore... Je ne vais pas me gêner avec toi, tout de même — Gueule d'Or.

— Pourquoi?

— Regarde.

Seulement alors Séverine remarqua qu'il avait toujours gardé sa lèvre inférieure collée à la gencive. Il la laissa jouer et Séverine vit que toutes les dents qu'elle cachait étaient en or.

— Fauchées d'un coup, ricana Marcel, mais aussi...

Il n'acheva point, ce dont la jeune femme lui sut gré. Devant le dessin soudain formé par sa bouche, elle avait eu peur.

Marcel s'habilla rapidement.

— Tu t'en vas déjà? demanda Séverine malgré elle.

— Oui, il faut, un copain...

Il s'interrompit net avec une surprise où entrait de l'irritation et dit :

— C'est crevant, je voulais te donner des explications.

Il s'en alla, sans lui adresser un regard mais revint le lendemain seul. Séverine étant occupée, Charlotte et Mathilde se présentèrent.

— La paix, dit Marcel. Je veux Belle de Jour.

Il attendit patiemment. Le temps pour lui, comme pour Hippolyte, n'avait pas la mesure ordinaire. Il possédait la faculté des bêtes de laisser respirer son corps sans intervenir dans son jeu parfait. Ce qui flottait alors sous son front ne pouvait prétendre ni au nom, ni à la forme d'une pensée.

Le bruit des pas de Séverine dissipa en un instant cette torpeur vigilante. Elle s'avança joyeusement vers lui mais il l'arrêta d'un geste dur.

— Te voilà enfin, dit-il.

— Ce n'est pas ma faute si tu as attendu.

Il se retint difficilement de hausser les épaules. Il s'agissait bien d'attendre! Mais comment avouer à une femme la raison d'une colère qu'il refusait de s'avouer à lui-même.

— C'est bon, reprit-il rudement. On ne te demande rien.

Il l'embrassa sur les lèvres. Comme il ne cherchait plus à dissimuler sa mâchoire aurifiée, Séverine sentit en même temps la chaleur de sa bouche et le froid du métal. Elle ne devait plus oublier le goût de ce mélange.

Marcel demeura très longtemps auprès de Belle de Jour. Il semblait vouloir épuiser d'un coup une soif qui le gênait. Et Séverine sentit une crainte confuse trembler au plus profond de son cœur. Elle se plaisait trop à ses étreintes, elle avait trop de bien-être à reposer contre lui. Elle dut réprimer à plusieurs reprises l'envie de caresser le corps de Marcel invisible dans le crépuscule. Enfin elle n'y put résister et lui effleura l'épaule. Aussitôt elle retira sa main : elle venait de toucher une sorte de rupture dans la chair. Marcel fit entendre un léger sifflement de dédain :

— Tu n'as pas l'habitude des boutonnières, dit-il. Faudra t'y faire.

Il prit le poignet de Séverine, promena ses doigts le long de son corps. Il était couvert d'entailles : aux bras, aux cuisses, dans le dos, sur le ventre.

— Mais comment?... s'écria Séverine.

— Tu ne vas pas me demander mon casier judiciaire aussi? On ne questionne pas un homme.

La sévérité sentencieuse de sa propre voix fut comme un signal pour Marcel.

— Là-dessus, bonsoir, dit-il.

Séverine ne le regarda pas s'habiller. Elle ne voulait point compter du regard ses cicatrices, redoutant que la vue de ces marques viriles et mystérieuses ne rétrécît encore un lien qu'elle sentait déjà trop bien noué.

Elle put en mesurer la force au cours des journées qui suivirent et où Marcel ne parut point. A l'inquiétude tenace, à l'étrange langueur famélique qui s'établirent en elle, Séverine reconnut combien Marcel lui manquait. Elle craignit de ne plus lui plaire, elle craignit surtout qu'il n'eût pas de quoi payer Mme Anaïs et que cet obstacle l'écartât définitivement.

Aussi lorsqu'au bout d'une semaine elle revit sa jolie figure tirée par un mauvais rictus, elle proposa :

— Si tu n'as pas d'argent, je peux...

— Tais-toi, cria-t-il.

Il respira très fort puis avec un insultant orgueil :

— Je sais bien que si je voulais... Elles sont déjà trois à m'entretenir, tu te rends compte... Mais toi, je ne veux pas. C'est compris... De l'argent, de l'argent, tiens!

Il jeta sur la table un paquet froissé. Des billets de cent francs se mêlaient à de petites coupures.

— Je ne sais même pas ce qu'il y a là, poursuivit-il avec mépris. Et quand il n'y en aura plus il y en aura toujours.

— Alors? murmura Séverine.

— Alors quoi?

— Pourquoi n'es-tu pas venu?

Il eut le réflexe violent que provoquait chez lui toute question de Séverine et répliqua :

— Assez causé. Je ne suis pas ici pour la conversation.

Mais sa voix portait la trace d'une fêlure secrète.

Dès lors, il ne manqua plus un jour. Crispé d'abord et taciturne, il se détendit graduellement comme s'il ne cherchait plus à combattre un entraînement trop fort. Et chaque fois il s'enfonçait plus avant dans les sens de Séverine et chaque fois elle avait plus de peine à se défaire de son souvenir. Si bien que, peu à peu, se trouva rompu le rempart qui, jusque-là, avait rigoureusement séparé les deux existences de Séverine. Sans doute cette brèche était creusée depuis longtemps lorsqu'elle s'en aperçut, mais Séverine crut qu'elle venait de se former au moment même où elle lui fut révélée par les circonstances suivantes :

Marcel venait de la quitter et le goût qu'elle avait de lui ayant fait perdre à Séverine le sens de l'heure, elle pensa soudain qu'elle devait dîner avec Pierre et des amis, que Pierre était rentré sans doute et s'inquiétait à son sujet. Mais rompue et toute chaude qu'elle était encore des baisers de Marcel, sa paresse ne put lui faire accepter la perspective de rentrer chez elle. Elle s'habilla très lentement afin que son retard devînt un obstacle décisif puis elle téléphona à Pierre qu'elle avait été retenue par un essayage plus longtemps qu'elle ne l'avait pensé et qu'elle le rejoindrait au restaurant. Cela la fatiguerait moins, puisque aussi bien le dîner était simple et qu'une robe d'après-midi suffisait.

Ainsi, pour la première fois, Séverine passa sans transition de la société de Mme Anaïs, de ses pensionnaires et de ses clients à celle qui était normalement la sienne. Aussi éprouva-t-elle un léger choc au cœur lorsque, l'apercevant, les hommes qui l'attendaient se levèrent et elle eut la vision fugitive, mais intense, d'Hippolyte faisant enlever son veston par Mathilde.

Pierre et Séverine avaient été invités par deux jeunes chirurgiens. Le plus brun d'entre eux passait pour ne connaître que des succès auprès des femmes. Il avait dans les mouvements une intelligence sensuelle, et sur le visage, une décision tour à tour dure et tendre auxquelles elles résistaient mal. Séverine le savait et s'en souvint avec une ironique sécurité lorsqu'il lui demanda un tango. Cet ami de Pierre avait toujours traité Séverine respectueusement, mais, ce soir-là, il dut deviner sur elle de singuliers effluves, car, durant toute la danse il la pressa d'une façon hardie. Loin de la troubler, cette audace amena une expression de dédain involontaire sur les traits de Séverine. Combien le désir de cet homme réputé pour sa brusquerie traduisait la bonne éducation, qu'il était pauvre, exsangue auprès de celui que subissait chaque après-midi Belle de Jour! Dans un seul geste spontané de Marcel, dans une pression de ses mains pareilles à des pinces d'acier, il y avait plus de despotisme et plus de promesses que dans tous les efforts de ce séducteur pour femmes du monde. Il pouvait tout essayer, la sauvagerie ingénue de l'autre lui serait refusée, de l'autre, cousu de cicatrices et qui portait sur ses doigts et hautainement roulé dans ses poches le prix de l'amour qu'il voulait bien accorder.

A cet instant Séverine fut plus près de l'ange impur à la bouche d'or que des gens qui l'entouraient et elle eut sur les lèvres, à l'adresse de son danseur, les mots qu'elle avait jetés un soir à Husson dans une obscure prescience : « Vous n'êtes pas fait pour le viol. »

De toute la soirée l'image de Marcel ne la quitta point. Elle était encore liée à lui par la robe qu'elle portait et qu'il avait défaite, par la peau qu'il avait caressée et qu'elle n'avait pas pris le temps de purifier. Séverine sentit qu'elle était très belle, ce soir-là, elle sentit aussi une ivresse perverse à confondre les deux femmes dont elle était formée, et, au moment de sortir, elle embrassa Pierre avec une chaleur qui ne lui était pas uniquement destinée.

Mais lorsqu'elle eut perçu le recul de son mari, et que durant tout le trajet quelque chose d'informe et de pesant les sépara, Séverine fut épouvantée. Elle avait dans une seconde d'aberration, compromis tout son studieux travail. Pierre, de nouveau, souffrait par elle.

Séverine ne réalisait pleinement toute la violence de son amour qu'aux heures d'attendrissement ou de péril, mais alors elle en était envahie jusqu'à l'angoisse. Elle vit soudain qu'elle n'allait plus chez Mme Anaïs pour une luxure anonyme mais pour Marcel, que sa vie secrète, cette vie si bien circonscrite entre les murs de la rue Virène faisait irruption dans l'autre qui était vouée à Pierre et que ce flot corrompu risquait de tout emporter. Il fallait à tout prix rétablir la digue. C'était l'habitude qu'elle avait prise de Marcel qui avait creusé la fissure dangereuse.

Elle devait l'oublier. Ce serait un sacrifice, mais que Séverine aima en regardant le profil de Pierre plus grave dans l'ombre.

Ainsi, elle décidait de redresser le cours du destin.

Mme Anaïs accueillit la résolution de Séverine avec un plaisir mêlé d'inquiétude.

— Vous ne voulez pas le voir et je vous approuve, dit-elle. Je ne sais rien de ce garçon mais j'aime mieux le savoir ailleurs que chez moi. Seulement, comment prendra-t-il la chose? Un ami d'Hippolyte... enfin, je lui dirai que vous êtes malade. Il se lassera peut-être.

Quatre jours plus tard, comme Séverine sortait de la maison de rendez-vous, une silhouette qu'elle reconnut, avant même de la voir, à l'ombre qu'elle projetait, lui barra le passage. Elle était si massive qu'elle sembla à la jeune femme intercepter toute la lumière du soir.

— Je vais t'accompagner un bout de chemin, dit paisiblement Hippolyte.

Le saisissement arrêta d'abord toute réaction chez la jeune femme. Mais une fois qu'ils eurent dépassé la brève rue Virène — qui était pour Séverine comme l'antichambre de Mme Anaïs — et qu'ils se trouvèrent sur la place Saint-Germain-l'Auxerrois, une sorte de cri intérieur éveilla Séverine. Quoi, elle se trouvait dehors, dehors, c'est-à-dire là où elle n'était que vertu, santé, là où elle redevenait la femme de Pierre, en compagnie d'un familier de Mme Anaïs et lequel! Quoi, cette vie claustrée — pour en empêcher la projection elle avait renoncé à son plus brûlant plaisir et voilà que cette même vie dirigeait vers elle ses tentacules et non plus seulement par un jeu d'images, mais par le truchement terrible d'Hippolyte.

La frayeur qui fit trembler Séverine venait moins encore de la situation où elle se trouvait que de la marche inflexible d'une destinée qu'elle avait cru façonner à sa guise. Cette lâcheté céda en une minute à l'instinct de la conservation. Toute raidie, prête à crier au secours, Séverine s'élança vers un taxi qui passait. Elle trébucha aussitôt. La main d'Hippolyte était sur elle et Séverine éprouva l'hébétude des forçats aux premiers pas qu'ils font avec une chaîne. La densité de cette main épuisa d'un seul coup toute l'énergie de la jeune femme.

— Pas de magnes, dit Hippolyte, sans élever la voix. J'ai à te causer, je te causerai. Tu veux un coin tranquille? Viens.

Il se dirigea vers un petit débit de vins situé sur la place. Bien qu'il eût lâché Séverine et qu'il ne la regardât point, elle suivit.

La salle exiguë était vide. Seul un ouvrier buvait un verre de vin blanc au comptoir terni. Il le faisait avec un plaisir si évident qu'il en donna envie à Hippolyte. Il attendit d'être servi pour se tourner vers Séverine.

— Écoute-moi bien, lui dit-il alors et ne te le fais pas répéter. Si tu veux des garanties de ma parole, demande à Montmartre ou dans les Halles qui est Hippolyte le Syrien. Donc, je te le dis, si tu ne veux pas qu'il t'arrive des ennuis (ce mot bénin glaça Séverine) ne t'amuse pas avec Marcel.

Il avala lentement son vin, réfléchit, car il avait peine à développer une pensée avec suite.

— Tu as l'air honnête et bonne fille, je veux bien t'expliquer un peu, poursuivit-il. Marcel, c'est un petit gars qui a sauvé la vie à Hippolyte. Tu te rends compte. C'est pire que s'il était mon fils. Seulement il a un vice : vous autres. Déjà, l'an dernier, sans moi... Ça suffit. J'aurais bien dû me douter qu'il recommencerait à en avoir une dans le sang quand il t'a demandée — mais, quoi, on ne peut pas tout voir. Dans les commencements, il s'est surmonté... Même dans ses bêtises, c'est un homme. Et puis... il est si nature ce petit, il s'est laissé aller. Mais tu ne penses pas tout de même qu'il a coupé dans ton histoire de maladie. Si je ne l'avais pas tenu, c'est lui que tu aurais vu ce soir. J'ai pas voulu. Il est trop chaud.

Hippolyte s'absorba dans une rêverie lourde. Séverine eut l'impression qu'il l'avait oubliée.

— Et bref, dit-il enfin, tu m'as compris.

Il lui remit la main sur l'épaule, la considéra de ses yeux immobiles et conclut :

— Tu peux disposer et vite. J'ai le coup de bourdon.

A travers la vitre du débit, Séverine aperçut son ombre énorme et confuse accoudée devant un verre vide.

Bien qu'elle fût à l'air libre, la jeune femme détourna violemment la tête. Cette ombre la fascinait. Or, il fallait agir sur-le-champ, Séverine le sentait de tous ses nerfs affolés. Un jour de plus et elle tombait au pouvoir de ces deux hommes dont elle ne savait lequel elle redoutait davantage et derrière qui elle en devinait d'autres tout aussi dangereux et prêts à leur obéir.

Séverine regagna rapidement la rue Virène.

— Je m'en vais, annonça-t-elle à Mme Anaïs.

— Vous avez vu votre ami? Il vous emmène en vacances? demanda celle-ci qui ne pouvait comprendre que Séverine envisageait un départ définitif.

— Oui, oui dit la jeune femme pour couper court, à toute explication.

Si la supposition de Mme Anaïs ne détermina point Séverine, du moins elle lui évita d'hésiter plus longtemps. Déjà, tandis qu'Hippolyte lui parlait, Séverine s'était sentie en proie à un désir aveugle de fuite. Mais

fuir la maison de la rue Virène ne suffisait pas. Séverine ne voulait plus, ne pouvait plus respirer le même
air que ses persécuteurs. Beaucoup d'espace devait
la séparer de Marcel, d'Hippolyte. L'été commençait.
Sans doute, Pierre avait l'habitude de ne prendre son
congé que plus tard. Il allait parler de l'hôpital, de la
clinique, du roulement fixé. Mais Séverine se sentait
assez mûrie par les épreuves qu'elle avait traversées
pour le décider. Une fois de plus son amour même la
forçait à mêler sa plus pure tendresse à ses plus misérables soubresauts.

Comme elle l'avait prévu, Séverine arriva assez
aisément, en jouant de sa santé et de son désir d'être
toute seule avec lui, à convaincre Pierre. Une semaine
après les avertissements d'Hippolyte, les Sérizy prirent
le train pour une plage déserte, près de Saint-Raphaël.

Jusque sur le quai, Pierre et Séverine se montrèrent
nerveux, lui de tout ce que ce départ brusqué désor-
ganisait son travail, elle parce qu'elle tremblait de
voir surgir le mauvais sourire de Marcel — étroit
comme un fil d'or — ou l'ombre colossale d'Hippolyte.
Les premiers cahots du train ébranlèrent, emportèrent
tous ces soucis. La merveilleuse solitude d'un compar-
timent qui roule dans la nuit enveloppa Séverine et
Pierre. Le même et jeune plaisir brilla dans leurs
yeux. Ils sentirent qu'ils s'aimaient avec autant de
fraîcheur et plus de solidité que lors de leur premier
voyage. Séverine surtout était émue à l'orée de ces
jours tranquilles et délicats qui s'ouvraient devant elle,
à l'infini lui semblait-il.

Ils comptèrent comme les plus beaux de sa vie.
Les semaines qu'elle venait de subir, les menaces
qui avaient pesé sur elle multipliaient ses facultés
de bonheur. Et Séverine en avait de puissantes, de
nombreuses qui, si longtemps, lui avaient suffi. La
mer, la plage, le soleil, la faim, le sommeil, elle tirait

de tous ces éléments ce qu'ils peuvent offrir de plus intense. Il faisait beau, il faisait bleu. L'air était une huile précieuse et légère. Il baignait le corps de Séverine, ce corps dont elle ne savait plus qu'il avait été pétri par tant de mains, qui lui appartenait de nouveau et qui s'épanouissait chastement.

Pierre aussi était heureux. Du repos, du paysage qu'il aimait et surtout de voir dans sa vigueur et dans son innocence, cette jeune femme qui était sa félicité. Ils nageaient ensemble. Quand ils prenaient une barque leurs avirons avaient la même cadence. Sur le sable, ils jouaient comme deux jeunes garçons. Séverine ne se sentait vraiment près de Pierre que dans cette manière de vivre. A Paris, ses malades, ses livres, ses articles les séparaient, tandis que ces exercices violents et purs, où elle était presque aussi habile que lui, les confondaient dans une chaleur fraternelle.

Que Pierre lui fut cher et doux pendant ces journées sans pareilles. Comme elle se prit en pitié, en mépris, d'avoir risqué de flétrir une telle harmonie.

A la suite d'un abus ou d'un choc moral trop vif certaines intoxications inspirent à leurs victimes un effroi tel qu'elles tremblent au souvenir des délices passées et se croient libérées d'elles pour toujours. Il en était ainsi de Séverine. Toute à sa fraîche joie, à son amour renouvelé, elle eût trouvé dément de songer encore à la maison de la rue Virène. Ne sentant plus l'aiguillon qui la précipitait vers cette demeure obscure, elle s'étonnait avec dégoût de la servitude à laquelle elle avait consenti. Elle y avait échappé à temps. Nulle trace ne subsistait de son passage entre les murs de Mme Anaïs. Personne — pas même Hippolyte — ne saurait retrouver Belle de Jour. Elle tenait en ses propres mains sa sécurité. Et comment ne l'eût-elle pas crue invulnérable sous les feux de juillet, au bord d'une mer soumise, protégée par Pierre?

Ces mêmes armes se retournèrent contre elle. Elle fut trop vite et trop pleinement rassurée. L'éloignement contribua à réduire à des proportions humaines ce qui, à Paris, l'eût poursuivie comme un cauchemar. Lorsque l'esprit réaliste de Séverine commença d'envisager l'appartement de Mme Anaïs comme un appartement, Mathilde comme une pauvre fille, Marcel comme un simple souteneur et quand Hippolyte lui-même ne fut pour elle qu'une sorte de lutteur à la parole malaisée — elle se crut définitivement sauvée. Au même moment tomba son plus sûr bouclier : la terreur mystique. Pour la défendre contre un envoûtement il ne lui resta que sa raison.

L'ennemi, tapi dans les ténèbres charnelles, reprit vie et chaleur.

Un matin, la pluie tomba. Par la suite, il arriva à Séverine de penser que s'il avait fait beau ce jour-là tout encore aurait été évité, comme si les forces qui l'entraînèrent n'avaient pas une patience sans limite, comme si elles n'avaient pas attendu des années et des années pour fondre sur leur proie charmante et déplorable.

Le mauvais temps força Pierre et Séverine à garder la chambre. Il en profita pour mettre au point une communication chirurgicale. Elle, machinalement, prit des petits journaux illustrés qu'ils avaient achetés au départ de Paris, n'avaient pas lu durant le voyage et qui traînaient sur une table depuis leur arrivée. Elle en parcourut deux, en ouvrit un troisième. Prose et dessins y étaient aussi médiocres. Séverine préféra regarder les annonces. Tout de suite, ses yeux s'arrêtèrent sur des lignes dont, à première vue, elle ne comprit pas le sens. Puis les lettres formèrent des mots qui parvinrent à son intelligence :

9 *bis*, rue Virène
Mme Anaïs reçoit tous les jours
dans son home intime
entourée de ses trois grâces
Élégance, charme, spécialités

Séverine relut à plusieurs reprises le placard. Elle croyait avoir laissé échapper son nom. Puis elle se rappela qu'elle n'avait, rue Virène, qu'un sobriquet, puis elle jeta un regard effrayé vers Pierre — mais il travaillait attentivement — puis contempla la mer et le ciel qui s'éclaircissaient.

— Sortons, dit-elle brusquement, le soleil revient.

Mais ni le bain, ni la course sur la plage ne lui firent oublier le cliché gras. En se couchant elle reprit le journal et, le pliant de façon à ce que Pierre ne pût voir la page, fixa sur l'annonce son regard terni. C'était l'appel de la tenancière, le signal de ralliement vers le lit de Belle de Jour... Comme le nom de Mme Anaïs, imprimé, semblait différent de ce qu'il était — prononcé. Et sa maison, ses femmes, Séverine elle-même enfin, comme elles étaient transformées, avilies par ces qualificatifs plus obscènes dans leur fadeur que des termes ignobles.

« Home intime... les trois grâces... spécialités. »

Un goût étrange, funeste, celui d'une drogue connue et pourtant neuve était dans la bouche de Séverine. Une chaleur honteuse et bienfaisante la pénétrait. Elle calcula que le congé de Pierre approchait de sa fin. Elle eut pitié de lui, pas d'elle.

Comment Marcel connut-il, immédiatement, que Belle de Jour était revenue ? Jamais il ne le lui confia, mais Séverine n'était pas installée depuis une heure rue Virène qu'elle entendit sa voix. La tête lui tourna un peu. Elle s'attendait à voir Marcel, mais qu'il fût là si vite l'éclairait sur la ténacité de cet homme et sur ses moyens d'information. Elle n'eut pas le temps d'y penser davantage. La porte battit furieusement. Sur le seuil, Marcel, blanc, tremblait d'un tremblement qui s'était formé pendant des jours et des jours de colère.

— Tu es seule, dit-il presque indistinctement, tant pis! J'aurais voulu aussi un homme.

Séverine, sans s'en apercevoir, avait reculé jusqu'au mur.

— J'ai dû partir, murmura-t-elle, je t'expliquerai.

Marcel ricana de toute sa mâchoire en or.

— Expliquer! Attends, je vais m'expliquer moi.

Il retira la ceinture qui serrait ses hanches étroites, ferma la porte à clef. Séverine suivait ses mouvements d'un regard stupide, incompréhensif. Mais, brandie par une main furieuse, la lanière siffla.

Où Séverine sut-elle trouver l'adresse et la force d'esquiver le coup, de se saisir de la ceinture; et où puisa-t-elle cette énergie sauvage qui dompta Marcel lorsqu'elle dit :

— Ne bouge pas ou, quoi que vous fassiez tous, tu ne me revois plus.

Ils restèrent longtemps séparés par toute la largeur de la chambre. Leurs respirations haletantes peuplaient le silence. Elles se calmèrent peu à peu et peu à peu se dissipa l'épouvantable image qui avait galvanisé Séverine : sa figure déchirée d'une blessure infâme sous le regard de Pierre. Avec cette image s'en alla toute sa vigueur. Mais elle n'en avait plus besoin. Marcel disait, le front bas :

— Tu es une femme pas faite comme les autres. Hippolyte a beau dire...

Il releva la tête en entendant un bruit mat. Séverine venait de s'affaisser. Il se jeta vers elle, la porta sur le lit. A demi consciente elle leva les bras pour se protéger.

— N'aie pas peur, n'aie pas peur, ma grande, répétait Marcel confusément...

Il ne la toucha pas ce jour-là. Il y avait sur son visage d'ange déchu un sentiment plus profond que le désir.

Le lendemain il s'était repris et entra chez Séverine avec son habituel ricanement. Mais quand il la prit dans ses bras, elle sentit, à une imperceptible vigilance de ses muscles, qu'il avait peur de lui faire du mal et prenait souci de son plaisir. Elle en eut moins qu'à l'ordinaire. Et il diminua sans cesse à mesure que Séverine prenait conscience d'un pouvoir qui n'était plus seulement sensuel.

Avant la fuite de Belle de Jour, Marcel lui avait proposé de la faire sortir un soir. Elle avait, naturellement, refusé net. Comme à cette époque il défendait encore son prestige, il avait haussé les épaules et n'avait plus abordé ce sujet. Maintenant il y revenait avec obstination. Cette maîtresse, en qui il avait distingué confusément une essence de lui inconnue, il voulait être uni à elle par un lien plus délicat que des rencontres, même quotidiennes, dans une maison publique.

De son côté, Séverine obéissait à la loi fatale du plaisir sans spiritualité qui, s'émoussant, pousse toujours plus avant à sa recherche par des moyens factices. Pour ranimer le goût qu'elle avait eu de Marcel, elle avait de plus en plus souvent recours à l'évocation du mystère dangereux dont la vie du jeune homme était enveloppée. Mais son imagination usa vite cette ressource. Alors l'insistance de Marcel pour sortir avec elle la trouva plus favorable. Elle pensa qu'à le surprendre dans son existence louche, elle retrouverait, fût-ce pour un temps, cette crainte qui avait formé le plus profond de sa volupté. Elle se plut d'autant mieux à se peindre une soirée pareille qu'elle la croyait impossible. Comment admettre qu'elle pût sortir, sans Pierre, tard dans la nuit?

Mais, inconsciemment, elle guettait l'occasion et cette occasion vint, qui s'offre toujours à ceux dont l'être secret l'attend. Une opération en province exigea pendant vingt-quatre heures l'absence de Pierre.

Marcel et Hippolyte attendaient Séverine chez le marchand de vins, près de l'église Saint-Germain-l'Auxerrois. Ils se taisaient ainsi qu'ils en avaient coutume le plus souvent lorsqu'ils étaient ensemble, mais la sécurité profonde qui, alors, nourrissait leur silence, faisait défaut ce soir. Que Marcel sortît avec une femme ne troublait pas Hippolyte. Leurs compagnes savaient tenir leur rang et laisser les hommes parler entre eux ou rêver. Mais cette femme ne devait pas être Belle de Jour. Après l'affront qu'elle lui avait infligé de partir sans sa permission, comment Marcel pouvait-il lui accorder la faveur de la prendre tout un soir avec eux? Il n'avait même pas su la corriger, Hippolyte en était certain. Et il souffrait, reconnaissant dans ce signe une lâcheté qui lui avait toujours été étrangère mais qu'il avait vu rompre les rares hommes dont il avait aimé le courage et la loyauté.

— Misère, grommela Hippolyte, c'est moi qui l'ai mené chez Anaïs.

Puis, comme un insondable passé avait forgé sa sagesse, il roula une cigarette en pensant qu'il serait bon de manger car il avait faim.

Séverine arriva en avance sur l'heure fixée. Cette marque de respect détendit un peu le colosse. Il fut également satisfait de la négligence avec laquelle Marcel dit à Belle de Jour:

— Tu fais bien en chapeau.

Mais le jeune homme sentit à sa joie désordonnée qu'il n'eût point réussi ce ton s'il n'avait été à l'ombre d'Hippolyte.

— Où dîne-t-on? demanda celui-ci.

Marcel proposa quelques restaurants connus sur les boulevards. Séverine les refusa un à un.

— Tais-toi, lui dit Hippolyte. C'est à moi que Marcel cause, je pense.

Puis à son ami :

— Assez d'épate. On veut faire un bon boulot, on va chez Marie. C'est régulier.

Quand Hippolyte décidait, il n'attendait pas qu'on acceptât sa décision. Il paya et sortit. Les autres firent de même, mais non sans que Marcel eût consulté du regard Séverine. La vigilance animale d'Hippolyte surprit ce mouvement.

— Passe devant, Belle de Jour, ordonna-t-il.

Quand il fut seul avec Marcel il dit d'une voix où la menace se liait étrangement à la prière :

— Si tu ne veux pas que je fasse un malheur, tiens-toi en homme... Au moins quand je suis là.

Le restaurant qu'avait désigné Hippolyte se trouvait au commencement de la rue Montmartre. Ils s'y rendirent à pied. Séverine marchait comme dans un mauvais rêve entre ces deux hommes taciturnes qui la conduisaient, à travers les Halles désertes, elle ne savait où. Si Marcel eût été seul, elle ne l'eût point suivi, mais il lui suffisait d'entendre le pas muet d'Hippolyte pour ne plus avoir de volonté. Cependant l'aspect de la salle où ils pénétrèrent la rassura. Comme tous ceux qui ignorent la vie secrète de Paris, Séverine, parce que ses compagnons étaient en marge de la société, croyait qu'ils ne vivaient que dans des coupe-gorge. Or le restaurant minuscule était très propre et plein d'accueil. Un comptoir étincelait près de l'entrée. Une douzaine de tables couvertes de vaisselle nette achevait l'aménagement.

— C'est Marie qui va être contente, dit l'homme en gilet de laine et aux yeux affables qui se tenait derrière le comptoir.

Comme il saluait Séverine avec politesse, de la petite porte qui, dans le fond, donnait sur la cuisine, jaillit, dans une vapeur d'ail et d'épices, une sorte de boule en camisole et en jupon.

— Vous n'avez pas honte, bandits! s'écria-t-elle en embrassant impétueusement les deux amis. Quatre jours sans venir voir Marie!

Sa voix méridionale était émouvante de chaleur, de jeunesse, et Séverine sourit quand cette femme la regarda, tellement étaient bons ses admirables yeux noirs, immenses malgré la graisse qui avait précocement déformé le visage.

— Bonjour, mignonne, lui dit Marie. A qui des deux es-tu?

— Attends que je présente, répliqua gravement Hippolyte. Monsieur Maurice, un ami (c'était l'homme au comptoir). Madame Maurice (c'était Marie).

Et montrant Séverine :

— Madame Marcel.

— Je le pensais bien, dit maternellement Marie. Ce Marcel, tout de même.

Elle devint sérieuse et confidentielle pour demander :

— Que mangez-vous, les enfants? Mes choux farcis, bien sûr? et après?

Hippolyte fixa le menu. Maurice offrit l'apéritif.

Marcel serra Séverine qui se laissa aller contre lui presque tendrement parce que tout dans cette salle avait un caractère fort, viril, et elle ne savait quoi de défendu.

Des hommes entraient, serraient la main de

Maurice, d'Hippolyte, de Marcel et saluaient Séverine. Quelques-uns, assez rares, étaient suivis de femmes. Celles-ci ne s'attardaient pas au comptoir et allaient s'asseoir sagement à la table que leur compagnon avait désignée d'un regard ou d'un mot bref. Ces hommes, pour différents qu'ils fussent de carrure, de vêtements, d'accent, portaient une indefinissable marque commune : celle du loisir. Il était dans leurs gestes, leurs paroles, leur façon de porter la tête, dans leurs yeux agiles et paresseux. Leur conversation avait pour objet principal les courses et des affaires dont il n'était traité que par allusion.

La pièce mal aérée se faisait chaude. Les aliments copieux et riches, assaisonnés sans mesure par Marie, les vins montés en alcool, ajoutaient à la température un feu intérieur très vif. Et, bien qu'à toutes les tables la tenue fût régulière, comme se plaisait à le dire Hippolyte, la manière lourde dont tous les dîneurs se nourrissaient, la courbe tendue de leurs épaules, la flexion de leurs nuques donnait à Séverine le sentiment d'un repas clandestin et dangereux. Elle ne regardait personne, n'écoutait pas les propos lents qui se tenaient aux autres tables, ni ceux d'Hippolyte et de Marcel. Ce qui la tenait en suspens dans un sensuel bien-être c'était la somme de ces vies inconnues suspectes, affranchies (elle comprenait enfin ce mot dont Marcel se servait souvent) qui agissait sur elle comme un philtre massif.

Personne dans l'assistance ne se montrait pressé de partir, sauf les femmes qui, une à une, s'en allèrent.

Vers quels travaux ? se demandait Séverine en frissonnant doucement sous l'afflux de vagues images qui dépassaient en misérable luxure celles dont la rue Virène l'avait comblée.

— Il est temps, dit tout à coup Hippolyte. On boit le dernier ailleurs.

Marcel hésita un instant puis lui chuchota à l'oreille :

— Je ne peux pas..., Belle de Jour.

— Dis donc, Maurice, demanda Hippolyte en élevant la voix, si tu risquais un ennui dans un endroit, prendrais-tu ta femme ?

— Elle le demanderait.

Hippolyte se leva. Marcel aussi et Séverine. Dans la rue, Hippolyte donna avec condescendance son bras à Belle de Jour.

— Tu as tout de même du cœur, dit-il.

Il haussa les épaules et, s'adressant à Marcel :

— Et puis, pour le danger qu'il y a.

Une peur mortelle habitait Séverine, moins d'un péril dont elle ignorait la nature que de la folle promiscuité où elle se laissait de plus en plus entraîner. Mais, par une étrange contagion, le contact d'Hippolyte, la nature du milieu qu'elle venait de quitter ne permettaient pas à cette peur de se faire jour.

L'endroit où Hippolyte se rendit était un petit bar ouvert toute la nuit en face de la Halle aux légumes. Là, on commençait à sentir le bouge. Les tables souillées, les détritus sur le carreau glissant, le vide de la salle et une bizarre lumière, à la fois fatigante et confuse, serraient le cœur. Dehors passaient de lentes voitures chargées d'un butin imprécis, avec des chevaux luisants et des hommes à moitié endormis, chaussés de grosses bottes et munis de fouets énormes. Une sorte de barbarie régnait sur le lieu.

Hippolyte et Marcel buvaient du marc et semblaient se désintéresser du monde extérieur. Mais voyant un groupe franchir le seuil du bar, Séverine saisit la main de son amant qui, en cette minute, lui parut sa seule protection contre une menace terrible.

— Du calme, dit Marcel entre ses dents... J'ai bien fait de venir. Ils sont trois.

Les hommes s'assirent paisiblement à la table d'Hippolyte et l'un d'eux, le plus petit, grêlé, jeta un coup d'œil rapide sur Séverine.

— Tu peux causer, dit Hippolyte, c'est la femme à Marcel.

La tête de Séverine était vide et lourde, mais même sans cela elle n'eût rien pénétré de la conversation qui s'engagea, tellement elle fut prompte et mystérieuse. Elle se tint entre Hippolyte et le grêlé. Les compagnons des deux interlocuteurs appuyaient chaque parti de leur présence, de leur silence. Tout à coup Séverine entendit le petit homme grommeler :

— Voleur.

Puis elle vit Marcel porter la main à la poche de son veston et les trois adversaires faire le même geste. Mais le poing d'Hippolyte se posa sur la main de Marcel.

— Pas d'histoires, petit, lui dit-il doucement. Pas avec ces dégonflés.

Il écarta la table, prit le poignet du grêlé, le tira de la poche où il était enfoui. Les doigts étaient crispés sur un revolver. Hippolyte dirigea l'arme contre son propre ventre et dit :

— Tu es bien avancé maintenant.

Une seconde on put croire que l'homme allait tirer, puis son regard vacilla sous celui d'Hippolyte. Alors celui-ci lui commanda :

— Allons, donne. Tu l'as sur toi, je le sais.

Comme sous l'effet de l'hypnose, le grêlé sortit de son autre poche un paquet qu'il remit à Hippolyte.

— Le poids y est, dit ce dernier. On ne vous retient plus.

Les trois hommes gagnèrent la porte. Marcel leur cria :

— Pour le « voleur » que tu as dit, je ne te prends pas en traître. On se reverra.

— Il est chaud ton homme, dit avec orgueil Hippolyte à Belle de Jour.

Une sorte de vertige éblouissait Séverine mais ce n'était plus de la peur. Ses yeux plus grands, plus beaux, se posèrent sur ceux de Marcel. Il comprit qu'elle était sensible à son courage et à ce qu'il eût, le premier, songé à déchaîner la mort.

— J'aurai le grêlé, s'écria-t-il, quand je devrais le filer jusqu'à Valparaiso, comme l'autre...

Hippolyte l'interrompit rudement.

— Tu vas pas raconter tes histoires pour te faire valoir. Allez vous coucher, j'ai à faire.

Il se tourna vers Séverine.

— Tu t'es bien tenue, dit-il. Tu en veux un peu ?

Elle ne comprit pas ce qu'il lui proposait, mais refusa.

— Tu as raison, dit Hippolyte. C'est bon pour les tapés. Aimez-vous bien, les enfants.

Se retrouvant seule avec Marcel, Séverine demanda :

— Que m'a-t-il offert ?

— De la coco, répondit son amant avec une répugnance marquée. Il en a une demi-livre qu'il a prise au grêlé — tu as bien vu. Il s'en va la placer maintenant, on est riche pour un mois.

Séverine ne voulut pas suivre Marcel chez lui ni même changer de quartier. Il lui semblait que celui-ci qui comprenait la rue Virène, le débit de vins, le restaurant de Marie et le bar dont elle sortait était le seul propice à ses débordements. Mais comme, enfiévrée par tout ce qu'elle venait de vivre, elle avait de Marcel le plus mordant désir, elle se laissa conduire dans un hôtel borgne voisin et là, dans une chambre ignoble, connut le plus merveilleux plaisir.

L'aube s'annonçait à peine que Séverine se dressa hors de sa couche.

— Il faut que je parte, dit-elle.

Un instant, Marcel, que cette nuit avait rendu à ses instincts, réagit :

— Tu t'amuses ? demanda-t-il avec menace.

— Il faut, répéta Séverine.

Comme le jour où elle lui avait arraché sa ceinture, il sentit qu'une force dont il ne savait pas le nom, mais que rien ne pouvait surmonter, soutenait la jeune femme.

— Ça va, grommela-t-il, je t'accompagne.

— Non plus.

De nouveau, cet insoutenable regard de quelqu'un qui défend sa vie fit céder Marcel. Il mena Séverine jusqu'à un taxi et la laissa partir. Tant que les feux de la voiture furent visibles il ne bougea point comme enchanté. Puis il jura horriblement et alla consulter Hippolyte.

Dans son lit seulement Séverine put réfléchir à ce qu'il fût advenu si Hippolyte avait eu le regard et la main moins rapides ou si le petit homme grêlé avait tiré. Alors elle se mit à trembler comme dans un accès de fièvre.

Pierre revint de voyage quelques heures après, les traits tirés par la fatigue.

— Ne me laisse pas seule, supplia Séverine. Je ne peux pas vivre sans toi.

Marcel ne reparut point pendant quelques jours rue Virène. Séverine ne s'en inquiéta point : elle n'attendait plus rien de lui. Quand elle le revit, il dit tout de suite :

— Nous sortons ce soir.

Elle refusa avec beaucoup de calme. Elle avait

l'impression d'être en présence d'un étranger inoffensif. Marcel, d'ailleurs, ne se montra pas violent. Il demanda d'une voix presque douce :

— Peux-tu me dire pourquoi tu ne veux pas?

— Tout le monde sait ici que je ne suis pas libre.

— Deviens-le. Je te donne ma parole d'homme que tu auras tout ce qu'il te faut.

— Impossible, répondit Séverine.

— Alors, tu l'aimes?

Séverine garda le silence.

— Ça va, murmura Marcel, et il sortit.

Elle crut l'avoir définitivement dompté. Pourtant, en quittant la maison de Mme Anaïs, elle se retourna plusieurs fois pour voir si Marcel ou Hippolyte ne la suivaient pas. N'apercevant rien de suspect, elle rentra chez elle.

Le même soir, dans un bar de la place Blanche, Hippolyte et Marcel buvaient en silence. Un tout jeune homme vint les rejoindre.

— Je sais tout, Monsieur Hippolyte, annonça-t-il avec déférence. J'ai fait l'électricien.

Il donna l'adresse, l'étage et le vrai nom de Belle de Jour.

Hippolyte laissa partir son espion et dit à Marcel :

— Maintenant, quand tu veux, ce que tu veux.

S'il avait su le sort que sa ruse préparait au seul être qui lui fût cher en ce monde, Hippolyte qui, pourtant, n'aimait pas le sang, eût tué, avant qu'il ne parlât, le jeune homme blafard qui venait de le renseigner.

VIII

Fût-ce par honnêteté ou par l'effet d'un sentiment plus complexe contre lequel il se débattait en vain? Marcel n'osa point, dans les premiers jours, user des armes qu'il avait acquises contre Séverine. Or, tandis qu'il hésitait, une ombre intervint.

Un jeudi, vers quatre heures (tous les détails restèrent profondément imprimés dans la mémoire de Séverine), Mme Anaïs vint chercher ses trois pensionnaires en leur recommandant :

— Faites-vous belles. C'est un monsieur très bien. Il veut que tout le monde soit là.

En suivant ses compagnes, Séverine n'eut aucun pressentiment. De son pas tranquille, ses belles épaules très droites, elle entra dans la grande chambre. L'homme se tenait contre la fenêtre. On n'apercevait que son dos. Mais la vue de ce dos étroit, osseux, fit reculer Séverine. Une seconde de plus et elle ouvrait la porte pour fuir, pour se terrer. Et alors Mme Anaïs ne l'eût plus revue. Ce mouvement, Séverine ne put l'achever. Le nouveau client de la rue Virène pivota sur lui-même et Séverine, épuisée d'un seul coup, n'eut plus la force de faire un pas, ni de libérer l'affreux gémissement dont tout son être fut soudain empli.

Les yeux usés et minces de Henri Husson s'arrêtèrent sur elle. Cela ne dura qu'un instant mais Séverine eut l'impression d'être capturée dans un filet auquel rien ne la pourrait plus ravir. Que l'écrasante masse d'Hippolyte était légère auprès de la pointe fugitive de ce regard.

— Bonjour, mesdames, asseyez-vous, je vous prie, dit Husson.

— Il est gentil, pas, Mathilde ? s'écria Charlotte.

Le son de ces deux voix croisées, la confrontation des deux aspects de son existence achevèrent de briser Séverine. Elle se laissa glisser sur une chaise, les mains jointes, comme pour retenir entre leurs doigts mortellement crispés le peu de raison et de vie qui lui restait.

— Vous ne voulez pas vous rafraîchir, Monsieur ? demanda Mme Anaïs.

— Naturellement... Tout ce que ces dames désireront... Mais comment s'appellent-elles ? Ah, parfait, Mademoiselle Charlotte, Mademoiselle Mathilde et... Belle de Jour ? Belle de Jour... C'est curieux et frais.

Il employait toutes les ressources musicales de sa voix, tout son charme énervant. Les mains de Séverine se dénouèrent, ses bras, lâches et flottants, pendirent le long de son corps comme s'ils étaient en paille.

Les boissons furent servies. Charlotte voulut s'asseoir sur les genoux de Husson. Il l'évita courtoisement.

— Plus tard, mademoiselle, dit-il. Pour l'instant je suis tout à votre présence et à votre conversation.

Il parla de mille choses insignifiantes, mais avec un souci d'expression de plus en plus étudié, de plus en plus acéré et chacune de ses phrases déchirait fragment par fragment l'âme de Séverine. Elle n'éprouvait ni honte, ni effroi, mais un malaise pire que tout sentiment définissable. Avec la même sûreté Husson provoqua chez Charlotte des réponses équivoques et des rires grossiers. Il fit durer ce jeu de contraste pendant une heure entière au cours de laquelle il ne regarda

que rarement Séverine. Mais alors de légères vibra-
tions lui creusaient les paupières et Séverine devinait
avec épouvante ce que ces mouvements fragiles déce-
laient de volupté.

« Jusqu'où n'ira-t-il pas pour la satisfaire, pour
l'accroître ? » se demandait-elle, qui savait à quels
défilés sans lueur menait la poursuite de cette
divinité.

Mais Husson régla les boissons, posa quelques
billets sur la cheminée et dit :

— Je vous prie de partager entre vous ce souvenir.
Au revoir, mesdames.

Séverine, anéantie, le laissa sortir de la pièce. Dès
qu'il ne fut plus là, une impulsion éperdue la jeta
derrière lui. Elle devait savoir, s'assurer... elle devait...
Husson, dans l'antichambre, prenait congé de
Mme Anaïs. Entrait-il dans ses intentions de s'en aller,
s'attendait-il à voir paraître Séverine ? Il l'ignorait
sans doute, laissant à ses instincts morbides le soin de
le conduire vers le plaisir difficile que, seuls, lui procuraient certaines expressions de visage, et certaines
difformités.

— Arrêtez, balbutia Séverine en étendant un bras
vers Husson. Il faut...

— Voyons, Belle de Jour, dit Mme Anaïs, vous qui
avez tant de tenue ! Que va penser Monsieur ?

Husson laissa passer quelques secondes pour ne
rien perdre du prix que représentait ce rappel à
l'ordre. Il dit ensuite :

— Je voudrais rester seul avec Madame... Strictement seul.

— Eh bien, qu'est-ce que vous avez donc, Belle de
Jour ? s'écria Mme Anaïs. Conduisez Monsieur dans
votre chambre.

— Pas là, pas là...

— Mais non, je vous en prie, ne changez rien à vos

habitudes pour moi, dit Husson d'une voix qui tremblait un peu.

Quand la porte se fut refermée sur eux, un flux hystérique souleva Séverine.

— Comment avez-vous pu? Comment avez-vous osé? cria-t-elle. Ne me dites pas que c'est le hasard? Vous saviez que j'étais ici... C'est vous qui m'avez donné l'adresse. Pourquoi?... Mais pourquoi?

Elle ne lui laissa pas le temps de répondre, car une supposition venait de lui traverser l'esprit.

— Vous ne prétendez pas m'obtenir par ce moyen, je pense, poursuivit-elle plus rapidement encore. J'ameute les passants, je me jette dehors... N'avancez pas. Vous me répugnez comme jamais être humain ne m'a répugné.

— C'est votre lit? demanda doucement Husson.

— Ah! voilà ce que vous cherchiez. Oui, c'est ma chambre, oui, c'est mon lit. Que voulez-vous savoir encore? Ce que je fais, la façon de le faire? Des photographies? Vous êtes pire que tous ceux que j'ai vus ici.

Elle s'arrêta parce qu'il l'écoutait avec une délectation trop manifeste.

Husson attendit un peu, puis, voyant que Séverine était décidée à se taire, il lui prit la main et la caressa du bout de ses doigts légers, frileux. Une grande fatigue, mêlée de reconnaissance, de tristesse et de pitié, flétrit son visage.

— Tout ce que vous dites est juste, observa-t-il à mi-voix, mais qui donc pourrait m'excuser mieux que vous?

Séverine fut comme fauchée par cette réponse. Elle s'affaissa sur le lit. Son aspect de fille hagarde... le couvre-pieds rouge... cela ranima chez Husson un plaisir qu'il croyait avoir épuisé entièrement. Il en jouit silencieusement puis une fatigue, une tristesse et une pitié encore plus profondes le tinrent courbé.

Un instant Séverine et lui se regardèrent comme

deux pauvres bêtes soumises à un mal incurable qu'elles ne comprenaient pas.

Husson se leva. Il évitait de faire le moindre bruit comme s'il avait peur de réveiller la puissance impure qui les avait réunis en cet endroit. Mais Séverine n'avait pas obtenu l'assurance qui, seule, pouvait lui rendre la vie.

— Un instant, un instant encore, supplia-t-elle.

Son imploration passionnée rida de nouveau les flexibles paupières de Husson. Toute à son angoisse elle ne s'en aperçut point. Toujours sur le lit, la robe un peu relevée par le mouvement de son corps, les mains crispées sur le couvre-pieds rouge, elle murmura :

— Dites-moi... au nom du Ciel... Pierre... il ne saura rien ?

Dans ses pires heures de dépravation, Husson n'eût pu admettre l'idée d'une dénonciation pareille. Il ne l'admit pas davantage en cette minute fatidique. Mais comment aurait-il pu négliger l'occasion de cette volupté longue, que lui offrait Séverine elle-même ? Pour qu'elle gardât son visage déchiré, il fit un geste évasif.

Aussitôt, il fut dehors car il se sentit incapable de soutenir un instant de plus l'attitude qu'il avait prise et il ne voulait pas perdre le plus inattendu et le plus vénéneux des fruits qu'il avait ce jour-là cueillis.

Séverine entendit battre la lourde porte qui donnait dans l'escalier. Elle se dressa, courut vers Mme Anaïs, lui saisit les poignets et chuchota comme une folle :

— Je m'en vais, je m'en vais. Vous m'oubliez... Si l'on vient se renseigner, vous ne savez pas qui je suis. Si on me force à revenir, vous ne me reconnaissez pas. Chaque mois vous recevrez mille francs. Vous voulez plus ? Non ? merci, madame Anaïs... Si vous saviez...

IX

Les heures que, dans cette soirée, Séverine passa à attendre Pierre peuvent mal se raconter. Elle avait à le revoir une impatience et une terreur égales. Savait-il déjà ? Husson connaissait peut-être l'adresse de sa clinique et en sortant de chez Mme Anaïs... Séverine se rappela soudain que lui et Pierre faisaient partie du même cercle sportif. Sans doute Pierre n'y allait que rarement mais n'avait-il pas pu s'y rendre précisément ce jour-là ?

La frayeur portée à son extrême possède ceci de commun avec la jalousie que le moindre possible devient certitude pour celui qui en souffre. Les hypothèses successivement effleurées par Séverine se changeaient aussitôt en faits. Elle ne doutait plus du désastre. Cette peur parfaite, inintelligente, eut pour effet, dès les premiers instants de son martyre, d'imposer à Séverine, comme une vérité immanente, l'assurance que Husson parlerait. Quel principe, quelle morale pouvaient le retenir ? N'avait-elle pas éprouvé la vanité de ces freins ? Ne s'était-il pas dégagé envers elle de tout ménagement lorsqu'il l'avait traitée comme son double en perversité ? Certes, il parlerait. Quand ? C'était uniquement l'affaire du démon qu'il portait en lui. Comme elle avait porté le sien...

Misérable créature aux yeux secs, enflammés, nul autre qu'elle n'eût pu mesurer avec quel acharnement et quelle impuissance elle pensa à sa luxure sans pitié. Elle n'en avait pas de remords ni même de regret. Elle avait trop senti à chacun de ses pas chancelants une main inhumaine et dans sa chair plongée la traîner d'ornières en ornières chaque fois plus profondes. Cette route brûlante et boueuse elle en eût refait toutes les étapes, si le sort avait permis à sa vie de recommencer un de ses lambeaux. Elle le sentait, elle le savait. Ainsi lui était enlevée, dans son angoisse dernière, jusqu'à la poignante douceur du repentir, jusqu'à la diversion de haïr Husson. Il suivait de son côté le chemin frayé pour lui par des divinités interdites et mortelles.

Un châtiment écrasant allait l'atteindre pour une faute qu'elle avait commise sans doute mais à la façon dont on glisse lorsque le vertige ébranle une tête fragile. La perception de cette injustice faisait que l'épouvante de Séverine n'avait plus pour seule cause ce qui allait advenir d'elle et de Pierre, mais encore la perception d'un ténébreux univers qui avait employé contre elle des larves et des gnomes, des géants et des philtres. Et de temps en temps, elle gémissait faiblement, pareille à une enfant perdue.

L'instinct de défendre son amour jusque dans l'absurde (c'était là sa conviction) était si fort chez Séverine que, devinant l'approche de Pierre, elle eut la force de ranimer par des artifices son visage décomposé. Mais elle ne put aller à sa rencontre. Tous les mouvements qu'elle lui entendait faire se répercutaient en chocs sourds dans sa poitrine. Son pas était calme... Il enlevait son chapeau, s'arrêtait devant la glace du vestibule... comme toujours. Mais peut-être était-ce pour contenir des sentiments trop sauvages ou trop déchirants. La respiration suspendue, Séverine fixait la porte par où il allait entrer. Elle saurait tout de suite. Chaque seconde lui apportait une certitude plus funeste. Pourquoi Husson aurait-il attendu? Elle connaissait la force des élans que rien ne contrôle... Elle eut l'impression que de gros insectes remuaient dans ses tempes. Ils arrêtèrent net leur froissement. Le loquet tournait.

Si Séverine n'avait pas senti le caractère provisoire de la merveilleuse délivrance qui la visita, elle eût béni les tourments qui la lui procuraient. Comme un jet d'eau comprimé et soudain rendu à son élan, ainsi reflua la vie dans tout le corps de Séverine. Pierre lui souriait. Pierre l'embrassait. Jusqu'au lendemain elle n'avait plus à craindre. La buée de bonheur qui monta à ses yeux lui donna la pureté et la délicatesse des larmes.

Ils passèrent la nuit ensemble. Quand Pierre se fut endormi, elle se redressa légèrement. Elle ne voulait pas du sommeil. Un condamné à mort ne berce-t-il pas ses derniers instants du souvenir de ce qu'il aima? Séverine écouta le souffle de Pierre.

— Il est à moi, encore à moi, se disait-elle... Mais il va s'en aller...

Ce beau corps, cette belle figure, ce beau cœur rempli d'elle, tout bientôt serait dévasté. Séverine, penchée sur les cheveux de Pierre, murmura presque inconsciente :

— Mon chéri, mon petit garçon, quand tu sauras ne souffre pas trop. Pourquoi? pourquoi? Je t'aime d'un amour plus grand encore. Sans tout cela je n'aurais pas su. Alors ne souffre pas trop. Je ne pourrais pas, je ne pourrais pas...

Elle s'abattit contre l'oreiller. Elle pleurait sur lui, sur elle, et sur la condition humaine qui divise la chair et l'âme en deux inconciliables tronçons, misère que chacun porte en soi et ne pardonne pas à l'autre.

Puis elle se rappela toute leur vie commune. D'infimes détails qu'elle croyait avoir oubliés pour toujours, lui revenaient à la mémoire. A chacun d'eux, elle effleurait l'épaule de Pierre, sa tête, et répétait comme une incantation.

— Ne souffre pas... pas trop. Fais de moi ce que tu veux, mais ne souffre pas tant.

Au milieu de ses souvenirs, de ses angoisses et de ses prières elle vit poindre le matin. Une fois déjà, à la suite de sa première visite chez Mme Anaïs, Séverine avait cru que cette lumière indécise apportait la fin de son espérance. Elle eut pitié de cette terreur enfantine. Qu'elle était innocente alors pour avoir cru que sans indice, elle allait être découverte. Tout dépendait d'elle. Tandis qu'aujourd'hui... Un autre, d'un seul mot, pouvait corrompre de la pire fange la plus tendre vie. Et ce mot serait prononcé. Husson ne résisterait pas au plaisir qui creusait ses paupières.

Elle s'arrêta de penser. Pierre se réveillait. Que cette nuit avait été courte.

Séverine mit tout en œuvre afin de retarder le départ de son mari pour l'Hôtel-Dieu. La rue lui semblait semée de périls. Elle voyait Husson ou quelque messager de lui guetter à chaque carrefour. Pourtant il fallut laisser sortir Pierre.

— Tu déjeunes à la maison sûrement ? demanda-t-elle au moment où il la quittait. Rien ne peut t'empêcher ?... Tu me le promets ?...

Et la matinée commença de couler martelant goutte par goutte, seconde par seconde, le cœur de Séverine. Chacune de ces fractions de durée pouvait tout apprendre à Pierre. Et il y en avait tant dans les

heures qui la séparaient encore de lui. Husson...
Pierre... Pierre... Husson... Elle contemplait sans cesse
deux visages et celui qu'elle chérissait pâlissait devant
l'autre, agrandi, vitrifié. Le travail de son esprit se
réduisait à cette pointe extrême qui, vrillant la matière
cérébrale, conduit à la démence. Séverine comprit
qu'elle ne pourrait pas supporter longtemps un pareil
assaut. Il fallait que Pierre ne la quittât plus. Partir
avec lui? Il refuserait. N'avait-elle pas déjà épuisé
son arme la meilleure. La meilleure? Il eût tout de
même fallu revenir et Husson eût toujours été là...

Quand sonna midi, une angoisse plus dure encore
que la veille enchaîna les pensées de Séverine. Le
temps qui passait rongeait sans arrêt le répit qui lui
était accordé. Le danger s'amassait comme un orage
et chaque heure menait vers celle choisie par Husson.
La conscience de cela brouilla les objets aux yeux de
Séverine. Elle sentit que même la présence de Pierre
ne parviendrait plus à desserrer le nœud qui l'étran-
glait.

Pourtant Séverine lutta encore contre l'invisible,
l'imminent adversaire.

— Je me sens triste, dit-elle à son mari lorsqu'elle
se fut assurée — après quelles transes — qu'il ignorait
encore. Veux-tu prévenir à ta clinique que tu ne peux
me quitter?

Elle avait le charme d'une petite fille très malade.
Il ne sut lui refuser.

Souvent, dans le cours de l'après-midi, il s'étonna
des regards intenses et avides dont l'enveloppait
Séverine. C'était le sentiment de la précarité misérable
de son repos qui leur donnait tant de feu. Et quel
repos! Chaque sonnerie du téléphone arrêtait le cœur
de la malheureuse. A la fin elle n'y put tenir et répondit elle-même.

— Cela me distrait, expliqua-t-elle timidement.

Puis vint l'heure du courrier. Tandis que Pierre, avant de les ouvrir, examinait les enveloppes, Séverine crut défaillir.

— Rien de nouveau? eut-elle le courage de demander au bout de quelques minutes qu'elle employa à affermir son visage et sa voix.

— Non, répondit-il sans savoir de quel fardeau insoutenable il la délivrait.

Cette nuit encore, ils firent lit commun car même dans leur appartement Séverine sentait le péril aux aguets et n'était un peu apaisée que par le contact de l'homme qu'elle allait perdre. Elle ne put dormir, épiant la respiration, qu'elle n'entendrait sans doute plus, d'un sommeil heureux.

Quand se lèverait le nouveau jour, plus près d'un jour de la découverte, elle ne pourrait retenir Pierre. A moins qu'elle-même... Un instant elle fut presque décidée. Ne valait-il pas mieux qu'il apprît ainsi? Mais elle sentit vite qu'elle ne pourrait pas. Il s'en irait donc dans cette ville où l'autre sûrement serait à sa recherche. Ils se rencontreraient... Alors... Séverine se renversa, inerte.

Son étourdissement fut de courte durée, la force même de l'effroi qui l'avait terrassée la fit revenir à elle. Puisqu'elle avait encore quelques heures elle devait les utiliser, réfléchir, se débattre. Elle verrait Husson, elle le supplierait... Non... Au contraire... C'était la pire faute... Il jouirait de sa terreur ainsi qu'il l'avait fait lorsque vautrée sur son lit de prostituée elle mendiait son silence... Non... au contraire... Il fallait qu'il crût qu'elle n'avait peur de rien. Peut-être alors... Et Séverine — tellement un désespoir total est impossible à supporter — se raccrocha à cette espérance.

Ce même matin, Husson téléphona chez les Sérizy. Il savait que Pierre était à son hôpital. Séverine lui répondrait. La curiosité le guidait seulement. Séverine continuait-elle à le croire capable de l'infamie qu'elle avait supposée dans son désarroi ?

« Si elle se fie à ma discrétion, pensait Husson, je la confirmerai dans sa confiance. Sinon, je la rassurerai. »

Mais l'attitude de Séverine ne fut aucune de celles-là. Certaine que Husson voulait parler à Pierre et fidèle à la seule méthode de lutte qu'elle eût conçue, elle répondit avec sécheresse :

— Mon mari n'est pas là.

Et suspendit le récepteur.

Cette manœuvre désespérée, Husson la prit pour un orgueil qu'une seule humiliation ne suffisait pas à réduire.

« Elle viendra m'implorer, » pensa-t-il.

Une heure environ après ce coup de téléphone, la femme de chambre vint avertir Séverine qu'un jeune homme demandait à la voir.

— Il n'a pas dit son nom, ajouta-t-elle, et il a un drôle d'air avec sa bouche en or.

— Qu'il entre.

En d'autres circonstances l'apparition de Marcel chez elle eût anéanti Séverine. Dans l'état où elle se trouvait elle en fut à peine surprise. Husson seul occupait sa pensée et cette idée fixe lui donnait une indifférence entière pour les autres événements. Marcel... Hippolyte... Ils avaient des réactions naturelles, faciles à prévoir, à prévenir, à satisfaire au besoin. Mais l'autre, émacié, frileux, et qui demandait sa volupté non pas aux servitudes d'un corps, mais à la flexion des âmes...

— Bonjour, Marcel, dit Séverine avec une douceur étrange.

Cet accueil arrêta les paroles violentes qu'il avait préparées. L'abandon, la tristesse de Séverine portaient à son comble la gêne que ce salon lui inspirait. Il la regardait, partagé entre une colère qui se dissipait et une admiration grandissante. Il situait enfin cette jeune femme dont les attaches, les manières et le langage lui avaient toujours donné un sentiment confus et précieux d'infériorité.

— Eh bien, Marcel? demanda Séverine avec la même douceur absente.

— Tu ne t'étonnes pas de me voir là, ni comment je t'ai retrouvée?

Elle fit un geste si rompu qu'il eut mal. Il l'aimait plus encore qu'il ne le croyait, puisqu'il ne pensa plus à lui.

— Que se passe-t-il donc, Belle de Jour? demandat-il tandis qu'un silencieux mouvement de son corps étroit et dangereux le portait contre elle.

Séverine se tourna craintivement vers la porte et dit :

— Ne m'appelle pas de ce nom. Il ne faut pas.

— Je ferai comme tu voudras. Je ne suis pas venu te faire des ennuis (il avait oublié sincèrement le chantage auquel il était décidé). Je voulais savoir pourquoi tu étais partie, comment je pourrai te voir. Parce que ça (son visage prit une expression de volonté inévitable) je te le dis, je dois te voir.

Séverine hocha la tête avec un affectueux étonnement. Elle concevait mal qu'on pût songer à l'avenir.

— Mais tout est fini, voyons, répondit-elle.

— Quoi... tout?

— Il lui dira.

Elle plia les épaules d'un air si égaré que Marcel eut peur. Depuis le début de leur entretien il lui semblait qu'elle n'avait plus toute sa tête.

Il serra durement les doigts de Séverine pour la tirer de la funeste rêverie dont elle était baignée.

— Parle clair, dit-il.

— Il est arrivé un grand malheur, Marcel. Mon mari va tout apprendre.

— C'est vrai, tu es mariée, dit lentement le jeune homme, sans qu'il fût possible de discerner s'il y avait plus de jalousie ou de respect dans sa voix. C'est lui?

Il montrait une photographie. Ce portrait de Pierre était celui que préférait Séverine. Le hasard avait fait que ses yeux y fussent vrais dans toute leur franchise, leur jeunesse. Séverine, depuis longtemps, ne l'avait pas regardé avec cette attention qui dépouille le ton neutre de l'habitude. La question de Marcel lui rendit cette image sensible et vivante. Un frisson la secoua, elle gémit :

— C'est impossible, dis-le-moi, qu'on nous sépare. Puis avec fièvre :

— Va-t'en, va-t'en, il va revenir. Il saura assez tôt.

— Mais écoute, je peux t'aider.

— Non, non, personne.

Elle le poussait vers la porte avec trop de frénésie pour qu'il essayât de résister, mais il dit :

— J'attends de tes nouvelles. Hôtel Fromentin, dans la rue Fromentin. Tu demanderas Marcel, ça suffit. Sinon, tu peux être sûre, dans deux jours je reviens.

Avant de partir il lui fit répéter l'adresse.

Encore une journée, encore une nuit.

Séverine mangeait, entendait, répondait par la vertu d'un automatisme dont elle ne remarquait pas le jeu. Le tourbillon où elle était tombée l'avait d'abord roulée dans son diamètre le plus superficiel, le plus large. Maintenant, elle se sentait couler au creux même de l'entonnoir, là où les spirales, aussitôt nées, se referment. Et toujours, à côté d'elle, flottaient comme des masques de carton, les visages de Husson et de Pierre.

Au bout de sa troisième nuit d'insomnie, Séverine en était arrivée à un tel exténuement nerveux qu'elle souhaita, par éclairs fugitifs, que tout fût révolu. Pourtant lorsque Pierre, encore au lit, ayant dépouillé le courrier du matin, eût murmuré :

— C'est curieux : après six mois de silence!

Séverine formula une supplication où tout son être était engagé pour que la lettre ne fût pas de Husson.

Or, elle venait de lui et Pierre lut à mi-voix :

> *Cher ami,*
> *J'ai à vous parler. Je vous sais très occupé. Aussi, pour ne pas vour détourner de votre route habituelle et comme je serai dans ces parages, je vous attendrai demain au square Notre-Dame à midi et demi. C'est l'heure où vous sortez de l'hôpital si je ne me trompe. Mes hommages les plus respectueux à Madame Sérizy...*

— La lettre est d'hier, c'est donc pour aujourd'hui, dit-il.

— Tu n'iras pas, tu n'iras pas, cria presque Séverine, en se collant contre Pierre comme pour le ligoter de son corps.

— Je ne peux pas faire cela, chérie. Je sais que tu ne l'aimes pas, mais ce n'est pas une raison.

Elle reconnut avec accablement la seule volonté de Pierre qui ne cédât point à ses désirs et qui était de maintenir, libres et loyaux, ses rapports avec les hommes qu'il estimait. Et Séverine se laissa aller à une dérive funèbre.

Cette résignation dura tant que Pierre fut dans l'appartement. Lorsque Séverine sentit autour d'elle un silence pareil à celui que fait la mort, lorsqu'elle vit et entendit — car elle le vit et l'entendit — Husson commencer son récit, elle se mit à parcourir la chambre avec des gestes et des interjections de folle.

— Je ne veux pas... J'irai... A genoux... Il dira... Pierre... Au secours... Il dira : Anaïs... Charlotte... Marcel...

Elle répéta, tandis qu'un retour à la raison atténuait l'éclat de ses yeux :

— Marcel... Marcel... Rue... rue Fromentin.

Il était encore au lit lorsqu'elle entra dans sa petite chambre suspecte de Montmartre. Le premier geste de Marcel fut d'attirer Séverine vers son lit. Elle ne s'en aperçut point, et ordonna, impérieuse comme un destin :

— Habille-toi.

Il voulut demander une explication, elle l'arrêta.

— Je te dirai tout, mais habille-toi vite.

Quand il fut prêt elle demanda :

— Quelle heure est-il?

— Onze.

— Jusqu'à midi et demi avons-nous le temps?

— Le temps de quoi faire?

— Aller square Notre-Dame.

Marcel mouilla une serviette, la passa sur le front et les tempes de Séverine, remplit d'eau un verre.

— Bois, dit-il. Je ne sais pas ce que tu as, mais tu ne dureras pas longtemps si tu continues. Tu te sens mieux?

— Avons-nous le temps? répéta-t-elle avec impatience, car elle ne parvenait pas à lier deux notions ensemble, stupide et sourde pour tout ce qui n'était pas le but qu'elle poursuivait.

Cette sorte d'hypnose était contagieuse. Marcel n'eut pas la tentation de la discuter. Et où n'eût-il point suivi en aveugle Séverine, lorsque, ayant désespéré de la retrouver par des moyens qui ne fussent pas indignes, il la voyait chez lui et venant se mettre sous sa protection. Car il ne pouvait s'agir que de cela — il le devinait de son intuition de souteneur. Or, tout conspirait pour qu'il obéît à Séverine : son amour, sa violence naturelle et la farouche loi de son milieu qui prescrit aux hommes vivant des femmes de payer cette assistance de leur audace et de leur sang.

— On y sera une heure à l'avance, dit Marcel. Qu'est-ce que j'aurai à faire?

— Là-bas, on verra... Nous serons en retard.

Il comprit qu'elle ne s'apaiserait un peu qu'à l'endroit vers lequel tout son être était tendu.

— Passe devant, dit-il.

Il fouilla rapidement sous son oreiller, enfouit sa main dans sa poche, rejoignit Séverine dans le corridor. Elle ne remarqua pas que Marcel, négligeant les voitures en station place Pigalle, se dirigea vers un tout petit garage dans une rue adjacente. Là seulement, le voyant discuter à voix basse avec un homme en cotte maculée, elle protesta. Mais Marcel lui répondit brutalement :

— Laisse-moi mener l'affaire. Tu ne vas pas m'apprendre.

Puis, s'adressant à l'homme en cotte :

— Je t'attends, Albert. Service d'ami.

Quelques minutes après, ils montaient dans une Ford usagée. Albert, en veston et sans col était au volant. Il les déposa devant le jardin, du côté de l'île Saint-Louis, ainsi que l'avait demandé Séverine qui savait que Pierre viendrait par le parvis Notre-Dame.

— Tu restes le temps qu'il faut, dit Marcel en descendant.

Albert grommela.

— Il n'y a que pour toi et Hippolyte que je risquerais un coup pareil.

Séverine et Marcel pénétrèrent dans le square.

— Raconte, ordonna le jeune homme.

Séverine regarda sa montre : il n'était pas encore midi. Elle put parler.

— Il y a un homme qui est venu, à mon dernier jour chez Anaïs. C'est un ami de mon mari. A midi et demi il lui dira tout.

— Parce qu'il n'a pas pu t'avoir?

— Si ce n'était que cela.

— Le salaud, gronda Marcel.

Et d'une voix forcée, froide.

— Tu ne veux pas qu'il cause, je comprends. Si tu me l'avais dit plus tôt, ç'aurait été plus commode.

— Je ne l'ai su que ce matin.

Il fut ému de ce que, sans balancer, elle fût allée à lui.

— Sois tranquille, j'arrangerai ça, dit-il.

Il l'entraîna vers un banc placé derrière un bouquet d'arbres qui les dissimulait complètement du côté du parvis Notre-Dame. Marcel alluma une cigarette et ils restèrent silencieux.

— Et après? demanda Marcel. Oui, après? Si tout se passe comme on veut, tu es pour moi seul? Je ne parle pas de ton mari, naturellement.

Elle inclina résolument la tête. Qui donc l'avait, autant que celui-ci, secourue?

Marcel fuma sans dire un mot de plus. De temps en temps, il mesurait du regard l'espace compris entre leur banc et la grille qui ouvre sur le parvis, puis celui qui le séparait de la voiture dont, par instants, on entendait le moteur tourner au ralenti. Séverine, sans force, ni pensée, attendait. Jamais elle n'avait senti avec autant de résignation qu'elle ne s'appartenait point.

— Midi vingt-cinq, dit Marcel et il se leva. Il s'agit de regarder bien et de me le montrer vite.

Séverine se retourna, se mit à trembler. A une centaine de pas, dans l'allée donnant sur la grille par où devait venir Pierre, se tenait Husson. Marcel ne se méprit pas à ce tremblement.

— Il est là? dit-il. Montre.

Séverine n'osait plus. Sur le front de Marcel elle avait reconnu le signe qui s'y était montré un soir, aux Halles.

— Cause donc, ordonna-t-il dans un murmure furieux. Tu ne te rends pas compte.

— Non, non, allons-nous-en, balbutia Séverine.

Mais elle ne bougea point. Pierre, débouchant de l'ombre de la cathédrale, entrait dans le jardin. Husson se dirigea vers lui.

— Celui-là, le maigre, qui rejoint mon mari, chuchota Séverine.

Et, avec un accent sauvage, comme on lâche un chien qui tue :

— Va, Marcel.

Il se courba légèrement. Dans sa nuque tendue il y avait une expression telle que Séverine, hagarde, s'enfuit. D'instinct, elle courut vers une direction opposée à celle qu'avait prise le jeune homme. Ainsi, sans l'avoir voulu, elle franchit la grille par où elle était venue avec Marcel. Albert et sa voiture étaient là.

— Monte, dit-il, avec une sorte de haine.

Ils écoutèrent. De vagues cris arrivèrent jusqu'à eux. Ils virent des gens se précipiter vers le même point. Albert attendit encore.

La rumeur se fit plus dense. Un sergent de ville passa en courant. Albert appuya à fond sur l'accélérateur.

Husson, lorsqu'il écrivit sa lettre à Pierre, avait prévu qu'elle l'étonnerait et qu'il en parlerait à Séverine. Il ne doutait point que la jeune femme lui téléphonerait ou même viendrait le voir. Il se proposait de jouir de la défaite de cet orgueil obstiné, puis d'abandonner un jeu dont il commençait à concevoir fatigue et honte. Mais la matinée s'écoula sans qu'il reçût aucune nouvelle de Séverine. Il lui téléphona. Elle était sortie. Une hésitation lui vint : fallait-il se rendre au square Notre-Dame ? Certes, il avait préparé un entretien plausible pour Pierre, mais le silence de Séverine lui donnait l'appréhension d'un indéfinissable danger. Cette raison même le décida.

Comme beaucoup de natures assez nobles mais que ronge une tare secrète, Husson cherchait à racheter cette tare par l'exercice intense des qualités qu'il pouvait avoir. Puisque ce rendez-vous l'inquiétait, il était nécessaire qu'il y fût.

Ces tergiversations firent qu'il arriva dans le jardin quelques minutes seulement avant l'heure fixée. A peine se fut-il engagé dans la petite allée d'où l'on voit la rive gauche qu'il aperçut Pierre et marcha vers lui.

Ce fut alors que Marcel s'élança.

Même si sa résolution n'eût pas été aussi bien prise, le cri de Séverine, charnel, meurtrier, l'eût par sa seule véhémence fait frapper. Ce cri fortifiait l'âme de combat, la chaleur de sang que redoutait, chez Marcel, Hippolyte. Et comme la chance l'avait suivi dans plusieurs affaires difficiles rien ne l'eût fait reculer.

Il courait la main posée sur le manche du couteau à cran d'arrêt ouvert dans sa poche. Lucide, il calculait : « Il tombe, je saute sur une pelouse, et avant qu'on ait pensé à moi, Albert roule. » Il avait confiance dans sa force, dans son agilité et dans la science de son chauffeur. Mais il avait compté sans l'intervention de Pierre et sans l'inquiétude de celui qu'il voulait pour victime.

Voyant cet homme fondre droit sur Husson, Pierre, qui venait à leur rencontre, fit un signe impérieux d'avertissement. D'un mouvement qui n'eût pu être aussi rapide si son instinct aux aguets ne l'y avait point préparé, Husson se retourna, s'effaça. Une lueur étincelante passa devant son visage Marcel, avec une souplesse d'animal, retrouva son équilibre, leva de nouveau son couteau. Mais Pierre s'était jeté en avant. Il vit contre la sienne une figure contractée, un rictus de métal. Ce fut lui qui reçut le coup. Il l'atteignit à la tempe.

Marcel, encore, eût pu s'échapper. Mais il avait compris qu'il venait de frapper le mari de Séverine. Son saisissement ne dura qu'une seconde, elle suffit à le perdre. Tandis que Pierre chancelait, Husson agrippa le poignet qui tenait l'arme ternie. Marcel essaya de lui faire lâcher prise, mais ce corps décharné avait une force peu commune. D'ailleurs, des passants accouraient et, déjà, retentissaient les sifflets des agents. Marcel s'abandonna. A ses pieds gisait un homme immobile.

X

Après des crochets, des détours, des stations sans nombre, Albert s'arrêta place de la Bastille.

— Maintenant, débrouille-toi, dit-il à Séverine.

Elle ne comprenait pas.

— Descends, reprit Albert d'une voix menaçante. Ce n'est pas un jour à se faire remarquer.

Séverine obéit passivement et comme il allait se remettre en route demanda :

— Et Marcel ?

Il la considéra avec colère, mais sa bonne foi était si évidente qu'il se borna à grommeler.

— Lis les journaux ce soir ! Et dire que c'est pour toi !

La Ford disparut très vite.

— Il faut que je rentre, dit Séverine à haute voix.

Deux passants, qui se retournèrent pour sourire à cette femme qui parlait seule, tirèrent Séverine de la torpeur où elle était. Sa vie sensible s'était bloquée au moment où elle avait vu Marcel préparer son bond. Les cahots de la voiture et sa course sans objet avaient achevé de l'engourdir. Il lui avait semblé qu'elle roulerait indéfiniment dans l'automobile douteuse, avec cet homme muet et crispé au volant. Or, voici qu'il fallait reprendre une marche dont elle ne savait plus où elle menait. Elle avait cru, en jetant Marcel en avant, dresser un mur, creuser un précipice, mettre elle ne savait quoi d'infranchissable entre elle et l'avenir. Elle sentit qu'aucune créature vivante ne peut se détacher de la chaîne fatale des événements. Péniblement, à tâtons, dans un tourment épais comme le chaos de son esprit, elle tâcha de relier ce qu'elle avait vécu à ce qu'il lui fallait vivre.

Marcel avait tué, elle en était sûre. Cela ne soulevait en elle aucune émotion. Les hommes, leurs gestes et les siens étaient des signes abstraits dont elle avait à déchiffrer le sens provisoire. Marcel avait tué Husson. Husson devait raconter à Pierre ce qui était interdit qu'il sût. De là toutes ses terreurs. Husson ne parlerait pas. Elle n'avait donc plus rien à craindre. Elle pouvait revoir Pierre. Elle le devait même. Il était temps de déjeuner.

Une fois chez elle, Séverine n'eut pas la force de s'étonner que Pierre ne fût pas encore rentré. S'étendant sur son lit, elle s'endormit aussitôt. Le coup de sonnette qui, vers deux heures, retentit très fort dans l'appartement silencieux, ne parvint pas à l'éveiller. Elle n'entendit pas la femme de chambre frapper, entrer.

— Madame, Madame, appela celle-ci de plus en plus haut, jusqu'à ce que Séverine ouvrît les yeux, il y a là un docteur qui apporte des nouvelles très graves de Monsieur.

La première pensée de Séverine que ce repos, pour bref qu'il eût été, avait rendue à son angoisse, fut que Husson avait eu le temps de parler et que Pierre ne voulait plus revenir.

— Je ne veux voir personne, dit-elle.

— Il le faut, Madame, insista la femme de chambre d'une voix telle que Séverine, soudain, se dirigea vers le salon.

L'interne de l'Hôtel-Dieu était très pâle.

— Madame, il est arrivé, dit-il, un accident que personne ne comprend.

Il s'arrêta, cherchant ses mots, espérant une interruption qui ne vint pas. La rigidité de Séverine lui fit peur.

— Rassurez-vous, il n'y a rien de désespéré, poursuivit-il rapidement. Voici... Sérizy a été frappé d'un coup de couteau à la tempe.

— Qui?

Séverine s'était élancée vers l'interne d'un tel élan que celui-ci osa à peine répéter :

— Sérizy.

— Mon mari? Pierre? Vous vous trompez.

— Je travaille depuis un an avec lui, madame, dit tristement l'interne, et je l'aime comme tout le monde l'aime chez nous... Oui, il a reçu ce coup d'un individu qui a été arrêté d'ailleurs. On a tout de suite transporté votre mari dans notre service. Naturellement, il est encore sans connaissance, mais le cœur... enfin il y a beaucoup de chances de l'en tirer. On a prévenu le professeur Henri, notre patron. Il doit être là-bas en ce moment. Je vous accompagnerai, madame.

Même devant l'Hôtel-Dieu, Séverine ne put admettre que Pierre, dans cet hôpital où il avait soigné tant de corps, ne fût lui-même qu'un corps livré à des blouses blanches. Elle reconnut le porche sous lequel elle avait attendu Pierre le jour où elle était allée pour la première fois rue Virène et ce souvenir la confirma dans son incrédulité. Pour refermer aussi strictement un cercle enchanté il n'y avait que les mauvais rêves.

Mais elle vit le professeur Henri et le nuage qui la protégeait se dissipa. Elle avait dîné plusieurs fois chez lui avec Pierre et se rappela avec quelle joie charmante Pierre cherchait en lui parlant à répéter le mot « patron » qui était le seul à concilier son affection et sa déférence. Ce mot qui lui revint avec l'intonation intacte de Pierre la fit presque défaillir car si le professeur était là, s'il venait à elle... Séverine n'eut pas le temps de réfléchir plus avant. Le chirurgien lui avait pris les mains.

C'était un petit homme nerveux qui avait conservé une extraordinaire jeunesse. Il lui devait beaucoup de sûreté et le dédain des ménagements.

— Ma petite, ne vous affolez pas, dit-il. Je réponds de sa vie. Pour le reste, je me prononcerai demain.

— Je peux le voir?

— Mais naturellement. Il est encore dans le coma. On verra mieux demain.

L'interne conduisit Séverine auprès de Pierre. Elle entra d'un pas ferme, mais, quoi que son imagination eût accepté dans les minutes précédentes, elle ne put avancer plus loin que le milieu de la chambre. Ce n'était pas le front bandé ni la couleur cireuse du visage qui l'empêchaient d'approcher davantage. C'était l'immobilité des membres et de la figure, une immobilité qui ne tenait ni du sommeil ni de la mort, mais qui, impuissante et molle, fit glisser sur toute la peau de Séverine un innommable frisson où la pitié et l'effroi n'étaient pas seuls en cause et où entraient un sentiment de regret déchirant et aussi, Séverine ne se l'avoua jamais, de la répulsion. Était-ce le visage, si agile, si ferme de son mari que cette masse inerte et flasque à la bouche défaite, aux paupières non pas baissées mais tombées? Un relâchement presque gênant était sur toute cette chair qui, le matin encore, avait le rayonnement de la plus généreuse jeunesse.

Séverine ne pouvait deviner ce qui menaçait

Pierre mais elle lut sur ces traits qui effarouchaient son instinct animal de santé, que le châtiment contre lequel elle avait armé un bras amoureux et sauvage prenait une forme plus cruelle que toutes celles dont elle avait tant frémi.

— Je ne sais plus, murmura-t-elle. J'ai besoin de sortir.

Devant la porte un homme l'attendait qui lui dit :

— Excusez-moi de vous interroger dans un moment si pénible, mais je suis chargé de l'enquête. Votre mari est encore incapable de parler, vous pourriez m'éclairer peut-être.

Séverine s'appuya contre le mur. Une pensée qui ne lui était pas venue jusque-là venait de l'éblouir. Elle était la complice de Marcel, on allait l'arrêter.

— Voyons, monsieur, s'écria l'interne, que voulez-vous que Madame sache! Monsieur Husson vous a bien dit que c'est lui qui était visé et que le docteur Sérizy n'a été frappé que par hasard.

Il entraîna le commissaire et lui dit à voix basse :

— C'est votre devoir, je le sais, mais ayez pitié encore quelque temps de cette malheureuse jeune femme. Ils s'aiment tant, elle tient à peine debout.

Séverine regarda s'éloigner l'enquêteur, comprenant avec difficulté qu'elle fût encore libre. Puis elle demanda timidement :

— Vous avez parlé de Husson, vous l'avez vu?

— Mais je vous ai dit, je crois, madame...

Séverine se rappela confusément que, durant le trajet jusqu'à l'hôpital, l'interne lui avait fait un récit qui n'avait pas pénétré dans sa conscience. Elle le fit répéter. Seulement alors s'établit pour elle et avec une vivacité terrible la conséquence du bond qu'elle avait vu se former dans les muscles et la nuque de Marcel. Elle déchira ses lèvres pour ne pas gémir :

« C'est moi, moi qui ai fait frapper. »

Comme si le sentiment de sa responsabilité aggravait soudain le danger que courait Pierre, elle murmura :

— Il va mourir.

— Mais non, je vous en supplie, calmez-vous, dit l'interne. Vous avez bien entendu le patron. Sérizy en réchappera, c'est certain.

— Pourquoi ne bouge-t-il pas ?

— Après un choc pareil, c'est normal. Mais il vivra, je vous le jure.

Séverine sentit bien que, si cette assurance n'était pas feinte, elle n'épuisait pas l'inquiétude de l'ami de Pierre. Mais elle ne voulait pas l'interroger davantage. Qu'importaient des soins pénibles et très longs auprès de ce fait : Pierre ne mourrait pas.

Elle passa le reste de la journée auprès du blessé. Il était toujours immobile. Parfois, prise d'épouvante, Séverine se penchait sur lui, écoutait son cœur. Il battait doucement. Alors elle se rassurait et s'interdisait de penser à ce qu'avait d'étrange l'abandon de tous les muscles.

Comme le soir tombait, le professeur Henri vint changer le pansement, examiner la plaie. Malgré elle, Séverine porta les yeux sur cette ouverture sombre. Par là avait fui le sang le plus précieux pour elle et elle ne savait quoi de plus précieux encore. Elle connaissait l'arme qui avait fait ce trou. En se déshabillant, Marcel plaçait toujours sous l'oreiller un revolver et puis le couteau à manche de corne beige. Séverine l'avait tenu, avait joué avec le cran d'arrêt.

Séverine claqua des dents.

— Il vaut mieux que vous tâchiez de dormir chez vous, dit le professeur. Sérizy sera bien soigné, je vous en réponds. Et vous, vous aurez besoin de vos forces demain. C'est demain qui importe... Non pas pour sa vie mais... Enfin, on verra. Allez vous reposer.

Elle obéit avec une sorte de satisfaction secrète. Mais elle ne rentra pas dans leur appartement. Un désir sourd, irrésistible, s'était formé en elle qu'elle n'appréhenda qu'au moment où elle indiqua à un chauffeur l'adresse de Husson. Elle était portée par une loi de pesanteur intense vers cet homme par qui tout avait commencé, par qui tout avait semblé devoir finir et le seul qui connût tout d'elle.

Dès que Séverine fut en présence de Husson elle vit qu'il l'attendait.

— Je savais, dit-il d'une voix absente.

Il la mena dans un salon plein de luxe et de tranquillité. Bien que l'été fût dans toute sa force, des bûches flambaient dans la cheminée. Husson s'assit contre le feu, laissa pendre ses longues mains.

— Rien de neuf, n'est-ce pas? demanda-t-il avec la même distraction bizarre. Je viens de téléphoner à l'hôpital. C'est le prix de ma vie qui est couché là-bas.

Séverine se taisait, mais un bien-être singulier s'insinuait en elle. La société de Husson était bien la seule qu'elle pût supporter et il disait les mots, les seuls mots, qu'elle pût entendre.

Husson tour à tour regardait le feu et ses mains qu'il en rapprochait sans cesse. On eût dit qu'il voulait les y fondre. Il poursuivit :

— Quand il est tombé, j'ai eu la certitude qu'il ne mourrait pas. Il y avait dans l'air quelque chose de pire.

Il leva péniblement les yeux sur Séverine et demanda :

— Vous étiez si sûre que je parlerais?

Un léger battement des cils fut la seule réponse de la jeune femme.

— Comme vous l'aimiez, reprit Husson après un silence. Un homme comme moi ne peut savoir cela... Alors, j'ai commis cette erreur. Je n'ai pas prévu à quoi peut pousser un sentiment pareil...

Séverine approuvait ces paroles d'un regard attentif. « Il ne pouvait comprendre cette meilleure part de moi, pensait-elle. Et Pierre ne pouvait comprendre le pire... S'il avait deviné, il m'eût retenue peut-être ou soignée. Mais s'il eût deviné, il n'eût plus été Pierre. »

— Et l'autre, avec son couteau, dit soudain Husson, quelle passion aussi.

Il frissonna, se colla davantage encore contre le feu. Sa tête trembla d'une tristesse qui dépassait les êtres mêlés à ces événements.

— Je suis le seul, murmura-t-il, que rien de noble n'ait soutenu. Vous êtes tous trois blessés à mort et j'échappe. Pourquoi ? Au nom de quoi ? Pour que je puisse recommencer mes petites expériences ?

Il eut un faible rire et poursuivit pensivement :

— Comme nous nous sentons bien ensemble ce soir. Sur toute la terre, personne —- pas même les amants les plus avides — n'a autant besoin de quelqu'un ce soir que vous de moi et moi de vous.

— Dites-moi, demanda Séverine, quand vous avez vu Marcel, vous avez tout de suite pensé qu'il était envoyé par moi.

Husson corrigea doucement.

— Par nous.

Puis il s'abandonna à une rêverie sans objet. Le bruit d'une respiration égale l'en tira. Sur le divan où elle s'était assise en entrant Séverine dormait.

« Que d'insomnies, que de tourments lui valent ce sommeil », se dit Husson. Et demain...

Il pensa aux craintes du professeur Henri, à l'instruction qui allait s'ouvrir. Comment cette malheureuse au visage d'enfant brisé saurait-elle défendre ce qui lui restait de clarté? Il l'aiderait certes, mais que pourrait-il éviter?

Husson se rapprocha de Séverine. Elle dormait avec tant de fraîcheur, d'innocence. Était-ce la même qu'il avait vue prostrée sur un couvre-pieds rouge là où, par un matin de soleil, il l'avait envoyée? Mais était-il lui, en cet instant, le même que l'homme qui, à la supplication misérable de Belle de Jour, avait répondu par un geste perversement évasif, le geste qui, en vérité, avait troué la tempe de Pierre? Son propre mystère qu'il avait tant de fois scruté, avec une avidité poignante et vaine, reposait sur le chaste visage de Séverine.

Il lui effleura les cheveux avec tendresse, alla chercher la couverture la plus moelleuse et l'étendit doucement sur elle comme sur une petite sœur épuisée.

Séverine dormit d'un trait jusqu'à neuf heures. Elle se réveilla avec un sentiment purement physique de force réparée. Mais très vite elle regretta ce repos. Il la livrait tout entière à son angoisse, à la seule qu'elle eût : la santé de Pierre. Tout ce qui l'avait poussée chez Husson lui apparut comme misérable et futile. C'était de la faiblesse, de la névrose. Le souvenir de leur conversation, si pleine de sens la veille, lui fit honte.

Husson entra. Il éprouvait le même malaise. Lui aussi avait pu dormir. Les ombres avaient fui. La vie avait fait un pas de plus. Toute la perspective en était modifiée. Les gestes, les mots dictés par une vision des grandes lois funestes, les gestes, les mots essentiels ne servaient que de témoins gênants à une sensibilité qui n'était plus à leur mesure.

— J'ai pris des nouvelles, dit-il. Sa vie est hors de danger, il est même revenu à lui, mais...

Séverine n'écouta pas davantage. Pierre avait

repris connaissance et elle n'avait pas été là pour accueillir cette première lueur. Comme il devait l'attendre !

Durant tout le trajet, elle ne pensa qu'au sourire de Pierre lorsqu'il la verrait, à son mouvement vers elle, faible certes, imperceptible même, mais qu'elle saurait amplifier, reconstruire. La course où elle se déchirait approchait de son terme. Il guérirait, elle l'emporterait. Il y aurait de nouveau des journées à l'ombre des grands arbres, des jeux sur des plages, des chants de montagnes sur des neiges lisses. Il allait lui sourire, lui tendre un peu les mains.

Pierre avait les yeux ouverts, mais il ne reconnut pas Séverine. Du moins elle le crut. Comment eût-elle pu expliquer autrement l'absence non seulement du moindre geste, mais de toute expression, de cette vibration suprême qui, à l'approche de l'être qu'elle chérit émeut même la chair qui va se dissoudre. Pierre ne la reconnaissait pas et ce choc fut terrible pour Séverine.

Moins terrible pourtant que celui qui l'ébranla quelques secondes après. Elle s'était penchée sur Pierre et alors elle distingua tout au fond de ses yeux un vacillement, un feu tremblant, un appel et une plainte sans fin. Cela ne pouvait s'adresser qu'à elle, mais pourquoi, s'il la retrouvait, cet effrayant silence, cette rigidité ? Séverine se rejeta en arrière, fixa l'infirmière, l'interne. Ils baissaient les yeux.

— Pierre, Pierre, mon petit, cria-t-elle dans une sorte de hurlement, un mot, un soupir, je t'ai...

— Calmez-vous, je vous en supplie pour lui, murmura difficilement l'interne. Je crois qu'il entend.

— Mais qu'a-t-il donc ? gémit Séverine. Non, ne dites rien

Que pouvaient savoir ces gens, même les plus savants ? Elle, elle seule qui connaissait chaque pli de cette figure pourrait pénétrer son affreux secret. Domptant sa terreur, Séverine revint vers le lit, prit avec passion la tête de son mari, l'attira. Mais ses mains sans force la reposèrent sur l'oreiller. Rien n'avait bougé dans ces traits où elle retrouva toute la mollesse de la veille.

Le regard de Pierre la ranima. Ces yeux clairs, ces yeux qu'elle avait vus riants ou graves, pensifs ou amoureux, étaient vivants. De quoi avait-elle peur? Il était trop faible pour faire un mouvement, pour émettre un son. Elle était folle de s'en étonner, lâche de le torturer par ses cris et ses plaintes.

— Mon chéri, mon chéri, tu vas guérir, dit-elle. Tes camarades te l'ont assuré, n'est-ce pas, et ton patron. Tu verras comme cela ira vite.

Elle s'arrêta et ne put s'empêcher de demander avec angoisse :

— M'entends-tu Pierre? Un signe pour que je sache... un petit signe.

Un effort surhumain obscurcit les yeux du blessé, mais rien ne remua à la surface de son visage. Et Séverine commença d'entrevoir ce que signifiaient les réticences du grand chirurgien et de ses élèves. Sans la lueur dont l'intensité changeait sans cesse dans le regard de Pierre elle eût pu se leurrer encore. Mais c'était trop manifeste : Pierre voulait parler, voulait bouger, et il y avait un sceau sur tout son corps.

Séverine resta longtemps courbée sur ces yeux, unique langage d'une intelligence profonde et tendre. Elle parlait, interrogeait et tâchait de lire la réponse dans leur variable lumière. Enfin, pour ne pas éclater en sanglots, elle sortit.

Dans le corridor, l'interne qui l'avait suivie lui dit :

— Il ne faut pas désespérer, madame. Le temps

seul peut montrer ce qui a été touché définitivement.

— Mais dites-moi donc qu'il ne restera pas ainsi. C'est impossible. C'est pire...

Séverine se rappela soudain la phrase de Husson : « Il y avait quelque chose de pire dans l'air », et se tut.

— Pendant la guerre, reprit sans conviction le jeune médecin, on a vu disparaître complètement des paralysies.

— Paralysie, paralysie, répéta sourdement Séverine.

Tant qu'elle n'avait pas su le nom de l'immobilité de Pierre, celle-ci lui avait paru moins accablante. Elle lui appartenait encore en propre. Elle était en son pouvoir. Tandis que, avec cette étiquette, il entrait dans une catégorie anonyme, soumise aux grises lois de tout le monde.

— Maintenant que vous savez tout, permettez-moi un conseil, dit encore l'interne. Ne lui parlez pas trop. Faites qu'il se rende compte le moins possible...

— Lui !

— Sans doute, pour Sérizy c'est plus difficile, mais tout de même on doit pouvoir l'endormir un peu. Nous avons l'habitude, je vous assure. Les cerveaux les plus agiles, dans la maladie...

— Je ne veux pas, interrompit presque sauvagement Séverine. Non, il n'est pas diminué. Il est intact. Si vous n'avez pas confiance, laissez-le-moi. Je saurai bien.

L'interne lui vit une résolution si puissante, un si viril amour qu'il eut envie de lui serrer la main comme à un camarade plus courageux.

Séverine ne quitta plus la chambre de Pierre. Jour et nuit elle appartint à ces yeux qui brillaient comme des fanaux perdus. Sa vie lui paraissait abolie. Quel drame comparable à celui qui se jouait clos, acharné, dans les limites exactes et immobiles d'un corps impuissant à traduire les mouvements de l'esprit qui l'habitait ? Mais aussi quelle victoire sans pareille Séverine eut l'impression de remporter lorsqu'un matin elle crut voir frémir les lèvres de Pierre. Ce fut une vibration à peine discernable, mais Séverine avait la certitude de ne pas s'être trompée. Au cours de la journée, la vibration se répéta, s'affirma. Le professeur Henri caressa le front du blessé d'un geste plus vif que la veille.

Le lendemain, Pierre forma des syllabes, ses doigts purent creuser de faibles rides dans les couvertures. Une sorte de chant sans mesure emplit Séverine. Elle ne doutait plus d'une guérison complète et la réserve des médecins l'irritait. Au bout d'une semaine elle leur arracha l'autorisation de ramener Pierre chez lui. La plaie se fermait. Pour le reste elle n'avait confiance qu'en elle. D'ailleurs si tout le bas du corps demeurait aussi lâche qu'après l'agression, le torse et les bras exécutaient des mouvements désordonnés, certes, mais satisfaisants. Pierre, en outre, commençait à s'exprimer avec une liberté relative et deux expériences avaient montré qu'il pouvait lire.

Jamais Séverine n'eût pensé que le simple fait d'installer dans son appartement un homme à demi brisé pouvait procurer tant de claire joie. Elle ne voulait pas voir que la bouche de Pierre, avant de former un mot, faisait mille efforts, que pour déplacer sa main il commençait à faire le mouvement contraire à celui qu'il désirait. Tout allait se rétablir, puisqu'il était dans sa chambre, puisqu'il avait souri, d'un sourire plus touchant d'être incomplet, en voyant ses livres. Il ne fallait plus que de la patience. Séverine sentait la sienne, infinie et chaude et prête à triompher de tout.

Elle avait complètement oublié que celle qui soignait Pierre avait porté une autre femme dans ses flancs, une femme prostituée et meurtrière. Elle dut s'en souvenir le jour suivant.

La femme de chambre jeune et douce que Séverine avait à son service depuis son mariage l'aborda, pleine d'un embarras visible.

— Je ne voulais pas déranger Madame, dit-elle, tant que Madame était à l'hôpital, ni le premier jour qu'elle est revenue... Madame a vu les journaux?

— Non, dit Séverine, — ce qui était la vérité.

— Ah bien, Madame, continua la femme de chambre avec allégement. Si Madame avait vu le portrait de l'assassin...

Séverine la laissa achever, mais elle ne l'écoutait plus. Elle n'en avait pas besoin. La domestique avait reconnu Marcel sur les photographies de presse.

Il sembla à Séverine que la pièce, les meubles, cette femme qui continuait à parler (elle entendit vaguement : Bouche d'or) étaient soumis à une oscillation large et régulière. Cette oscillation la gagna aussi. Elle dut s'asseoir.

— Je vois que Madame est saisie comme moi, conclut la femme de chambre. Je n'ai rien voulu dire à personne avant de parler à Madame, mais maintenant je vais prévenir le juge.

Combien Séverine regretta ce funeste retour : à l'Hôtel-Dieu, loin du monde et de son passé, elle avait comme un droit d'asile. Par quel fol aveuglement avait-elle pu croire tranchés à jamais des tentacules invisibles? Ils l'enserraient de nouveau. Mais n'avait-elle pas assez souffert? Quel tribut leur fallait-il encore?

— Pas vrai, il faut, Madame? demanda la femme de chambre.

— Naturellement, murmura Séverine sans savoir ce qu'elle disait.

Aussitôt elle aperçut les conséquences de sa réponse : l'enquête dirigée contre elle, l'accusation de complicité, l'emprisonnement et Pierre, à demi sorti de son linceul de chair, apprenant ce dont elle lui avait fait si chèrement payer l'ignorance. C'était trop dérisoire.

— Attendez... Non, il ne faut pas! s'écria Séverine.

L'étonnement de la domestique, son air de méfiance rendirent un peu de sang-froid à Séverine.

— Oui, votre... notre témoignage, se força-t-elle à corriger, ne perdra rien d'ici deux... trois jours. Pour l'instant, je ne peux pas m'absenter, vous le savez bien.

— Comme Madame le voudra, mais j'ai déjà du remords d'avoir tant attendu.

De nouveau le sentiment qu'elle avait cru ne plus jamais connaître, l'égarement de la bête forcée, fondit sur Séverine. De nouveau elle se voyait poursuivie, acculée, à merci. Et cette fois ce n'était plus un homme qui la traquait, mais la meute dressée par la société à cet usage. Qui donc allait secourir Pierre, lui sourire, l'amuser, le nourrir, l'endormir? Elle ne demandait plus que cet humble destin et voici qu'il lui était refusé.

La pensée de la mort lui vint et, en cet instant, elle eût accueilli de toute son âme exténuée la froide libératrice. Mais elle crut entendre un bruit dans la pièce où se trouvait Pierre et, brusquement, tout en elle fut prêt au combat : son amour menacé, une colère obscure, un défi enragé.

— J'irai jusqu'au bout, murmura Séverine, mais ils ne lui feront pas de mal.

Elle téléphona à Husson et le pria de venir.

— C'est mon complice, pensait-elle. Il le sait. Il m'aidera.

Dès les premiers mots de Séverine, Husson devint très attentif.

— C'est encore plus grave que vous ne le pensez, dit-il. On voit que vous n'avez pas lu les journaux. Les policiers sont sur la piste.

— La mienne ?

— Presque... La bouche de ce garçon se remarque... Alors, chez Anaïs on a parlé. Il a été facile d'établir que Marcel venait rue Virène chaque jour et pour la même personne. Anaïs et les autres, d'après les photographies que je n'ai pu éviter, m'ont reconnu également. Le rapprochement s'imposait entre ma visite et votre disparition. Bref, on déduit que Marcel s'est jeté sur moi à cause d'une femme de la maison de rendez-vous. D'autre part, un agent de police et des passants assurent avoir vu à l'heure de l'attentat une femme s'enfuir dans une voiture que, de leur côté, d'autres passants ont remarquée arrêtée, mais le moteur en marche, de midi à midi et demi devant le square... La presse est remplie de ces détails. Tout est fait pour exciter la curiosité : l'attaque en plein jour... Marcel et tous ses surnoms... l'automobile mystérieuse et surtout cette femme... Il n'est pas un journal qui ne porte en manchette le nom de Belle de Jour.

— Plus vite, plus vite, dit Séverine.

— Voilà donc ce qui est contre vous. En votre faveur il y a le fait que, malgré toutes les recherches, la voiture et son chauffeur n'ont pu être retrouvés, et surtout le silence de Marcel. Silence presque héroïque car en parlant il serait presque déchargé. Mais il se taira, cela se sent. Enfin, si la piste matérielle est juste, la piste morale est complètement fausse. Jusqu'à présent la police, la justice, la presse sont persuadées que Belle de Jour est... vous m'excusez...

— Mais parlez donc... Que voulez-vous que cela me fasse?

Il l'admira d'avoir si bien dépouillé tout souci d'elle-même pour l'amour de Pierre (mais l'autre, le souteneur, ne risquait-il pas le bagne pour l'amour d'elle?) et reprit :

— Pour tous Belle de Jour est une fille publique, et puisque vous n'avez laissé aucune trace de votre identité rue Virène il n'y avait aucune chance — parmi les chances prévisibles — qu'on établît un lien entre Belle de Jour et vous. Mais vous comprenez bien que si votre domestique dit un seul mot, si le moindre fil conduit jusqu'ici, tout est perdu.

— Mais je nierai... je dirai qu'elle ment... que c'est une vengeance... je...

— Je vous en supplie, dit Husson en lui prenant les mains. C'est l'instant de garder toute votre raison. On ne croira pas votre femme de chambre seule, mais Anaïs qui vous reconnaîtra, et les autres.

— Charlotte... Mathilde... murmura Séverine et... tous ces hommes.

Elle se mit à égrener leurs noms comme si une affreuse rumeur dont elle n'était que l'écho les lui apportait : Adolphe... Léon... André... Louis et d'autres, d'autres encore.

— Et cela sera dans les journaux, dit lentement Séverine, et Pierre le lira, car il peut lire, j'en étais si heureuse!

Elle ricana soudain, d'un ricanement qui rappelait étrangement celui d'une bouche garnie d'or et chuchota :

— Mais elle ne parlera point.

Séverine voulut retirer ses mains que Husson tenait toujours. Il les serra davantage et dit à voix très basse :

— Marcel est en prison et vous ne pouvez pas vous-même...

Elle tressaillit. C'était vrai. Elle aussi, avait voulu...

— Voyons, reprit Husson, avec beaucoup d'argent?

— Non. Je l'ai depuis longtemps. Je la connais. Je n'aimais que des gens honnêtes autour de moi.

— Alors...

Husson lâcha les mains de Séverine parce que les siennes commençaient à trembler. Il s'en alla sans demander à voir Pierre.

Séverine après la visite quotidienne du professeur Henri, appela la femme de chambre. Elle lui dit que le médecin lui avait recommandé de ne pas sortir pendant longtemps, elle la supplia de ne pas faire sa déposition ou, du moins, de la remettre à une date indéterminée.

Tout ce qu'elle obtint de la domestique, qu'elle sentit chargée de soupçon, fut un délai d'une semaine.

Au cours des journées qui avaient précédé le crime, Séverine avait pensé que rien ne pourrait dépasser sa torture. Elle s'aperçut que dans ce domaine il n'est point de limites. Plus d'une fois lui revint alors à la mémoire un proverbe étranger que Pierre lui avait traduit ainsi : « Mon Dieu, ne donne pas à l'homme tout ce qu'il peut souffrir. » Car, vraiment, Séverine sentait s'étendre à l'infini le champ de son martyre. Chaque heure lui apportait un déchirement imprévu, parce que chaque heure lui démontrait davantage le besoin absolu que Pierre avait d'elle.

Le sourire chétif, la joie de pauvre qui brillait dans ses yeux lorsqu'il la voyait et qui, à l'Hôtel-Dieu, étaient pour elle de merveilleux présents devenaient pour elle autant de coups affreux. Qu'allait-elle devenir quand elle serait arrêtée? Quand il saurait pourquoi et que, non contente de flétrir son amour, elle lui avait enlevé, par le couteau d'un amant ramassé dans la prostitution sa belle force et sa jeunesse ? Ah ! que Husson eût bien fait de lui dire tout de suite sa découverte !

Pierre avait alors pour se défendre un corps sans défaut, un travail aimé. Elle, elle fût morte, ou si le courage lui eût manqué, elle eût pu rejoindre Marcel. La boue des existences déclassées l'eût puissamment ensevelie. Elle avait entendu parler, rue Virène, de femmes ainsi enlisées et dont le beau passé remontait parfois à la surface de leur déchéance sous l'effet de l'alcool, des drogues.

L'alcool.. les drogues... elle y fût venue aussi ; elle le sentit au désir qu'elle en eut pendant ces journées de plomb. Mais elle n'avait pas le droit d'y songer. Il fallait paraître gaie, sereine, quand elle était près de Pierre, et il fallait sans cesse être près de lui. Certes, il n'exigeait pas la présence de Séverine ; il ne la sollicitait même pas. Mais lorsqu'elle quittait sa chambre, le visage abandonné de Pierre, dans sa fixité anxieuse exhalait une prière invincible.

Elle ne passait dans une pièce voisine que pour lire les journaux. Ils la fascinaient maintenant. Ils abondaient en détails sur elle, mêlés à dose égale de fantaisie et de vérité. Le reste étant connu, l'énigme de Belle de Jour condensait tout l'intérêt. Les reporters interrogeaient Mme Anaïs et ses pensionnaires. Les robes que Belle de Jour avait portées rue Virène étaient minutieusement décrites. On discutait ses heures de présence. Enfin, un journaliste se présenta chez les Sérizy.

Séverine crut qu'elle était déjà découverte, mais le jeune homme voulait simplement avoir des nouvelles du blessé. Cette visite fit remarquer à Séverine que l'état de Pierre ne s'améliorait plus. Et, le soir, le professeur Henri lui dit avec une douceur inaccoutumée :

— Sérizy en restera là ou à peu près. Toute son intelligence. Quelque progrès dans la parole, dans le mouvement du cou, des bras. Mais à partir du bassin la chair est morte.

— Merci, docteur, dit Séverine.

Elle avait envie de rire, sans fin, jusqu'à la convulsion. Voilà où elle avait amené Pierre : il ne pouvait plus vivre comme le reste des hommes, mais il avait tous leurs moyens de souffrir.

Un jour après, il demanda les journaux, le professeur lui en avait permis la lecture.

— Il y pense trop pour l'en priver, avait dit celui-ci à Séverine.

Et Pierre lui-même, voyant l'hésitation mortelle de Séverine, avait articulé :

— Je n'ai pas peur...

Il voulut ajouter « chérie » mais c'était un mot qu'il n'arrivait pas encore à former.

Ses mains vagabondant longtemps avant d'arriver à ce qu'il tâchait d'en obtenir, Séverine dut lui tourner les pages. Comme il n'y était question que de Belle de Jour, Pierre, avec la curiosité des malades, s'intéressa à cette femme pour laquelle, sans raison, il avait été frappé. Il ne pouvait parler beaucoup, mais ces regards expressifs qui, chaque fois qu'il lisait ce nom, allaient à Séverine, suppliciaient la malheureuse. Bientôt ces mêmes yeux, plus que jamais remplis d'elle, la verraient photographiée sous le sobriquet célèbre. Le délai courait à son terme. Elle connaissait l'heure de son échéance. Mardi matin, le juge d'instruction saurait. Et il était déjà vendredi.

Le dimanche, la femme de chambre vint prévenir Séverine qu'on la demandait au téléphone.

— C'est un monsieur Hippolyte, dit-elle avec répugnance. Il a *aussi* une drôle de voix.

Séverine hésita à prendre l'appareil. Qu'allait-elle entendre encore? Et de combien allait être écourté le misérable répit qui lui était accordé? Mais elle eut peur de déchaîner un désastre nouveau. Hippolyte, sans s'expliquer davantage, exigea de voir Séverine sur-le-champ, à l'embarcadère du lac du Bois de Boulogne.

Hippolyte regardait lourdement les petites rides qui couraient sur l'eau. Il avait les épaules un peu fléchies, ce qui deux semaines auparavant eût paru impossible, et ses joues étaient couleur d'arsenic. Quand Séverine l'aborda, son énorme corps trembla légèrement, un pli exterminateur creusa ses lèvres. Mais ces signes s'effacèrent vite.

— Monte, dit-il d'une voix morte en montrant la barque qu'il avait retenue.

Séverine fut sûre qu'il allait la tuer et une grande paix descendit en elle. Hippolyte donna quelques coups d'aviron. Il n'y mettait point d'ardeur, mais sa force, même inemployée, était telle qu'ils se trouvèrent au milieu du lac. Il laissa flotter les rames et dit avec lassitude — il conserva ce ton jusqu'au bout de l'entretien :

— On peut causer. Dans un bar on nous aurait vendus. Tandis qu'ici...

Leur barque était perdue au milieu d'autres, pleines de cris. C'était un dimanche d'été.

— Marcel m'a fait savoir que je te voie, reprit Hippolyte, et que je te dise d'être tranquille. Il ne te donnera pas. C'est son idée. Moi, je te le dis, je t'aurais donnée tout de suite. Il a un bon avocat, je l'ai choisi. Avec Belle de Jour aux assises, il était tranquille. Pas de préméditation, drame passionnel. C'était beau. Même malgré lui, je te donnais. Mais il m'a fait dire qu'alors il racontait les deux hommes qu'il a tués. Il l'aurait fait. Il est nature.

Il serra un peu ses mâchoires qui n'avaient plus le même ressort et soupira :

— Tu as de la chance, tu peux le dire. Albert t'a sauvé la mise et je me tais. Maintenant Marcel te fait dire par moi que tu l'attendes. Il s'en ira du bagne; il reviendra — on lui donnera un coup de main. Il veut que tu restes sa femme, tu m'entends.

Hippolyte fixa durement Séverine, mais elle gémit :

— A quoi bon tout cela? Après-demain, Juliette va chez le juge d'instruction et je suis arrêtée.

— Qui, Juliette?

— Ma femme de chambre. Elle a vu Marcel chez moi.

— Attends, dit Hippolyte.

Une profonde méditation suivit. Sans qu'il s'en mêlât, une déposition imprévue pouvait faire découvrir Belle de Jour. Les intérêts et l'honneur de Marcel seraient saufs. Mais accepterait-il la neutralité d'Hippolyte? Et ne se vengerait-il pas, en acharné qu'il était, ainsi qu'il l'avait dit? Toutes ces chances contraires et son devoir d'ami, Hippolyte les pesa pendant de longues minutes où, sans que Séverine le sût, son destin se joua.

— Elle pourrait aller chez le juge, dit enfin Hippolyte, que ça n'y changerait rien si je ne veux pas que ça change. Anaïs et ses femmes je les tiens. Tu n'aurais qu'à nier, on te croirait plus que ta domestique. Mais elle n'ira pas, ça vaut mieux.

— Vous allez?... murmura Séverine.

— N'aie pas peur. Je frappe rarement et quand il faut. Je lui causerai. Ça suffira. Comme j'aurais causé à l'autre que Marcel a manqué.

Il dirigea le canot vers l'embarcadère. Avant d'accoster il demanda :

— Tu n'as rien à faire dire à Marcel?

Séverine regarda bien en face Hippolyte.

— Qu'il sache, dit-elle, qu'après mon mari, il n'est pas d'homme que j'aime plus que lui.

Son accent sembla émouvoir Hippolyte. Il hocha la tête et dit :

— Ton mari, j'ai lu qu'il était à moitié perdu. Et je disais que tu avais de la chance! Tout le coup est mal joué. Enfin, pour la Juliette tu peux être en paix. Va voir tranquillement ton malade, ma pauvre fille.

Séverine, à son retour, trouva le professeur Henri assis près de Pierre.

— J'ai profité du dimanche pour rester un peu avec Sérizy, dit le chirurgien. Je lui ai expliqué où il en était. Vous allez le mener dans le Midi d'ici une quinzaine. Le soleil est l'ami des muscles.

— Eh bien, mon chéri, tu es content? demanda Séverine quand ils furent seuls.

Elle avait tâché de mettre de la gaieté dans ses paroles, mais ce qu'elle venait de vivre enlevait tout timbre à sa voix. Phénomène étrange, elle ne se sentait même pas soulagée. Pourtant elle était sûre de la parole d'Hippolyte (Juliette partit en effet le lendemain sans accepter ses gages), mais cette sécurité dont elle avait si entièrement désespéré, au lieu de l'emplir de joie, creusait en elle une sorte de vide sans forme et sans nom où tout s'affaissait. Ainsi un coureur ayant fourni un trop rude effort tombe au pied du but qu'il a atteint.

Séverine répéta péniblement :

— Tu es content, n'est-ce pas?

Pierre ne répondant pas, elle remarqua que le crépuscule était venu et qu'il l'empêchait de discerner les réactions d'un visage qui les exprimait mal.

Elle fit de la lumière, s'assit entre les jambes mortes et, comme elle faisait à l'ordinaire, interrogea les yeux de son mari.

Et alors Séverine connut une souffrance plus cruelle que toutes celles qui, tour à tour, s'étaient acharnées sur son cœur misérable. De la gêne... pire, de la honte, voilà ce que Séverine découvrit, dans le regard tremblant, enfantin et fidèle, la honte qu'avait Pierre de son corps ruiné, la honte d'avoir à se faire à jamais soigner par elle, par elle qu'il avait si chèrement protégée.

— Pierre, Pierre, je suis heureuse avec toi, balbutia Séverine.

Il essaya de secouer la tête, y réussit à peine et murmura entre ses lèvres déformées.

— Pauvre... pauvre... le Midi... la petite voiture... pardon.

— Tais-toi, par pitié, tais-toi.

C'était lui qui demandait pardon, c'était lui, qui, toute sa vie durant, allait se considérer comme un fardeau et souhaiter — elle le connaissait — de mourir pour l'en délivrer.

— Non, non, ne me regarde pas ainsi, cria soudain Séverine. Je ne peux pas...

Elle colla son front contre cette poitrine qui avait été si chaude, si robuste; quoi, toute cette lutte et son issue miraculeuse se retournaient contre Pierre! Plus elle lui semblerait pure et plus il souffrirait des soins qu'elle lui donnerait, elle... elle... qui...

Séverine ne savait plus. Séverine se demandait où était le vrai bien, le vrai salut. Elle implorait une lumière, un choc, la foudre.

Tandis que, dans cette fièvre désespérée, elle se pressait de plus en plus contre Pierre, elle sentit des mains mal soumises essayer de caresser ses cheveux. Ces mains d'infirme intolérablement confiantes décidèrent de son débat. Séverine avait pu tout endurer. Cela, c'était impossible. Elle parla.

Comment expliquer un tel mouvement? Par la seule impuissance à montrer une vertu maquillée à celui qu'elle aimait d'un amour infini? Par le besoin — moins noble — de la confession? Par l'espoir souterrain d'être pardonnée malgré tout et de vivre ensuite sans le fardeau d'un horrible secret? Qui pourrait compter les éléments qui, après des traverses aussi affreuses, s'agitent, se fondent dans un cœur humain et le précipitent sur des lèvres tremblantes?

Trois ans ont passé. Séverine et Pierre vivent sur une petite plage très douce. Mais depuis qu'elle lui a fait son aveu, Séverine n'a plus entendu la voix de Pierre.

Davos, 20 février 1928.

DU MÊME AUTEUR

Aux Éditions Gallimard

LA STEPPE ROUGE, *nouvelles.* (Folio 2696)

L'ÉQUIPAGE, *roman.* (Folio 864)

LE ONZE MAI, en collaboration avec Georges Suarez, *essai.*

AU CAMP DES VAINCUS, en collaboration avec Georges Suarez, illustré par H. P. Gassier, *essai.*

MARY DE CORK, *essai.*

LES CAPTIFS, *roman.* (Folio 2377)

LES CŒURS PURS, *nouvelles.* (Folio 1905)

DAMES DE CALIFORNIE, *récit.* (Folio 2836)

LA RÈGLE DE L'HOMME, illustré par Marise Rudis, *récit.* (Folio 2092)

BELLE DE JOUR, *roman.* (Folio 125)

NUITS DE PRINCES, *récit.*

VENT DE SABLE, frontispice de Geneviève Galibert, *récit* (Folio 3004)

WAGON-LIT, *roman.* (Folio 1952)

STAVISKY, L'HOMME QUE J'AI CONNU, *essai.*

LES ENFANTS DE LA CHANCE, *roman.* (Folio 1158)

LE REPOS DE L'ÉQUIPAGE, *roman.*

LA PASSANTE DU SANS-SOUCI, *roman.* (Folio 1489)

LA ROSE DE JAVA, *roman.* (Folio 174)

HOLLYWOOD, VILLE MIRAGE, *reportage.*

MERMOZ, *biographie.* (Folio 232)

LE TOUR DU MALHEUR, *roman.* (Folio 3062 et 3063)

   I. *La fontaine Médicis.*

  II. *L'affaire Bernan.*

 III. *Les lauriers roses.*

  V. *L'homme de plâtre.*

AU GRAND SOCCO, *roman.*

LE COUP DE GRÂCE, en collaboration avec Maurice
  Druon, *théâtre.*

LA PISTE FAUVE, *récit.*

LA VALLÉE DES RUBIS, *roman.* (Folio 2560)

HONG KONG ET MACAO, *reportage.*

LE LION, *roman.* (Folio 808 — Folio Plus 32)

LES MAINS DU MIRACLE, *document.*

AVEC LES ALCOOLIQUES ANONYMES, *document.*

LE BATAILLON DU CIEL, *roman.* (Folio 642)

DISCOURS DE RÉCEPTION, à l'Académie française et
  réponse de M. André Chamson.

LES CAVALIERS, *roman.* (Folio 1373)

DES HOMMES, *souvenirs.*

LE PETIT ÂNE BLANC, *roman.*

LES TEMPS SAUVAGES, *roman.* (Folio 1072)

MÉMOIRES D'UN COMMISSAIRE DU PEUPLE,
  contes et nouvelles recueillis et présentés par Francis Lacassin.

Dans la collection Folio Junior

LE PETIT ÂNE BLANC. *Illustrations de Bernard Héron,
  nº 216.*

LE LION. *Illustrations de Philippe Mignon et Bruno Pilorget,
  nº 442.*

UNE BALLE PERDUE. *Illustrations de James Prunier et
  Bruno Pilorget, nº 501.*

Dans la collection 1 000 Soleil.

LE LION. *Illustrations de Jean Benoit*

Traduction

LE MESSIE SANS PEUPLE, par Salomon Poliakov, version française de J. Kessel.

Chez d'autres éditeurs

L'ARMÉE DES OMBRES.

LE PROCÈS DES ENFANTS PERDUS.

NAGAÏKA.

NUITS DE PRINCES *(nouvelle édition)*.

LES AMANTS DU TAGE.

FORTUNE CARRÉE *(nouvelle édition)*.

TÉMOIN PARMI LES HOMMES.

TOUS N'ÉTAIENT PAS DES ANGES.

POUR L'HONNEUR.

LE COUP DE GRÂCE.

TERRE D'AMOUR ET DE FEU.

MARCHÉS D'ESCLAVES.

LES FILS DE L'IMPOSSIBLE.

ŒUVRES COMPLÈTES.

COLLECTION FOLIO

Dernières parutions

*Impression Société Nouvelle Firmin-Didot
à Mesnil-sur-l'Estrée, le 2 mars 2005.
Dépôt légal : mars 2005.
1er dépôt légal dans la collection : juin 1972.
Numéro d'imprimeur : 72741.*

ISBN 2-07-036125-X/Imprimé en France.